이 땅의 영웅들

근세에 민족을 이끌고 민족의 텃밭을 일군

이땅의 영웅들

초판 1쇄 인쇄일_2011년 2월 1일
초판 1쇄 발행일_2011년 2월 8일

지은이_혜공
펴낸이_최길주

펴낸곳_도서출판 BG북갤러리
등록일자_2003년 11월 5일(제318-2003-00130호)
주소_서울시 영등포구 여의도동 14-5 아크로폴리스 406호
전화_02)761-7005(代) ㅣ 팩스_02)761-7995
홈페이지_http://www.bookgallery.co.kr
E-mail_cgjpower@yahoo.co.kr

ⓒ 혜공, 2011

값 12,000원

* 저자와 협의에 의해 인지는 생략합니다.
* 잘못된 책은 바꾸어 드립니다.

ISBN 978-89-6495-012-8 03810

이 땅의 인물들

혜공 지음

영웅들의 행적을 더듬어보고 영웅을 기다리며…

역사라는 기록으로 우리들이 살고 있는 지구에 많은 나라들이 생겨나고 사라진 것을 누구라도 모르지는 않을 것이다.

어느 모양(나라)이든 나라마다에는 그 민족의 魂(혼)과 精神(정신)이 존재한다.

나라라는 모양을 갖추고 국민이 온전히 살아가기 위해서는 어디랄 것도 없이 그 땅에 시대적인 정신이 살아 있어야 한다.

시대정신이 온당한 기상과 기세를 펼치려면 그것은 무엇보다도 먼저 그 땅의 역사와 조상들의 얼과 혼을 알아야 할 것이다.

고구려가 용맹하고 드높은 기상을 유지했더라면 남생과 같은 역적은 존재하지도 않았을 것이며, 용맹한 고구려다운 정신이 살아있었다면 어찌 망했을 것인가.

조선도 조선다움의 정신이 있었다면 을사오적 같은 역적들이나 왜인들에게 나라를 넘겨주는 일은 없었을 것이 아닌가?

나라가 어찌 모양만(땅)으로 지탱해 나갈 수가 있나. 나라를 이끌고 지탱하는 힘은 백성들이 담고 살아가는 조상의 얼과 혼을 시대적 정신과 함께 되살려 펼치려는 것에서 나온다.

역사를 제대로 알고 정리해야 하는 것은 때의 영웅들을 후손들이 알아야 하기 때문이다.

때를 살며 때에 온당한 일을 하신 조상들의 행적을 후손들은 그 기상과 기개를 배워서 익히며 담고 살아가는 것이 민족의 혼과 정신을 이어가는 것이기 때문이다.

암울했던 근세를 지나 현세를 살아오면서 때마다 우리들에게 힘을 남겨 주었던 이 땅의 영웅(조상)들의 행적을 이제라도 온전히 알아 그들이 우리들에게 어떤 족적과 먹을거리를 남겨 주었나를 살펴봄은 당연하지 않은가? 아울러 앞으로 우리에게 어떤 영웅이 오시어 어떤 족적을 남기며 우리를 위한 무엇을 준비하고 있는지도 밝혀봐야겠다.

진정한 영웅이란 내세움이 없이 묵묵히 자신의 일을 한 사람을 말한다.

나라와 민족의 부름에 응하여 일을 했음에도 내세우지 않고 묵묵히 때의 일을 하고 가신 이들이 계신다. 우리의 정서상 英雄(영웅)이란 단어에 익숙하지 않아서 또는 공과에 인색해서 누구라도 선뜻 나서기란 쉬운 일이 아닐 것이나, 때가 도래했음인가? 누군가는 정리를 해야 할 일이라는 사명감으로 필을 들었다.

경인년 동지절에
남한산 뒷자락의 금구정사에서 **慧空(혜공)**이 作(작)하다.

차례

제3장 **박정희** (1917~1979) – 민족중흥의 역사를 쓰다

제5장 함께 어울리던 시절

제6장 새로운 영웅은 ‘道德(도덕)’ 을 담고 온다

제1장
영웅을 찾아서

영웅아, 들어라. 말해 보거라

"영웅아, 네가 한 번 말을 해봐라. 세상에 태어나 살면서 삶을 결정짓는 중요한 것에는 무엇이 있겠느냐?"

"예. 어떤 인연(부모)이나 가문을 안고서 태어났느냐가 중요할 것이고 그리고 몸담고 살아가는 곳(나라)이 중요하다는 생각이 드는데요."

"그럼 더 다른 이유는 없을까?"

"글쎄요. 뭐가 또 있나요?"

"그럼, 세상을 살아가는 사람들에게 때(시절)가 매우 중요하지."

"아! 그래서 많은 이들이 시절타령을 늘어놓는 거군요."

"그럼, 시절의 인연이 얼마나 사람들에게는 중요한데! 요즘에야 풍요로움과 넉넉함이 넘쳐나지만 영웅아, 이 땅에도 배고

프고 가난한 시절이 있었다면 요즘 아이들이 믿겠니?”

“요즘 아이들은 설마 그렇게 어려운 시절이 있었을까 하는 생각을 할 겁니다. 밥이 없어서 배가 고프면 라면이라도 끓여 먹으면 되지, 하겠지요.”

“이러니 내가 이 땅을 위하여 일을 온당히 하신 영웅들의 얘기를 꺼낸 거다. 먼 옛날의 얘기도 아니고 불과 반세기 전의 얘기를 하고 있어도 세대간에 얘기가 안 통하니 영웅아, 지난 과거가 없으면 오늘이 어찌 있으며 미래인들 있겠냐?”

“…….”

“영웅아, 지금 졸고 있느냐?”

“아닌데요. 생각하면서 듣고 있습니다.”

세상은 발전을 거듭하면서 조금씩 모습을 달리하며 변하는데 그냥 세월이 흐르는 대로 놔둔다고 변하겠나. 누군가는 가난을 몰아내고 잘살기 위하여 열심히 일을 하였기에 오늘날의 풍요로움을 이끌어냈을 것이고, 누군가는 미래의 변화를 알아내어 계획을 세우고 조금씩 조금씩 발전에 발전을 거듭해가면서 오늘에 이르렀을 것이다.

세상이 발전을 거듭하면서 눈에 보이는 모습이 달라지고 생활이 변하며 나라끼리도 서로 빈번한 왕래를 하기에 멀게만 느껴지던 나라들이 이웃처럼 가깝게 지내며 서로 소통을 하고 있다.

세계의 어느 곳에서 일어나는 일이라도 금방 알 수가 있으며, 어디를 가더라도 서로가 불편이 없을 만큼 이제 세계는 하나의 촌이 되었다. 앞으로 나라들은 이웃하는 나라와 더 가까워질 것인데 왜 가까워지고 있는지?

"영웅아, 듣고 있냐? 어라, 잠이 들었네."

방송인 신동엽이 꼽은 영웅들

얼마나 됐을까. 집안에서 일을 보다가 우연히 TV를 보게 되었다.

방송에서 사회자가 근세 우리나라의 역사에 영웅이라고 할 만한 사람이 누구인지 알고 있는 대로 얘기를 해보라는 질문에, 질문을 받은 신동엽 씨는 머뭇거림 없이 김구 선생님과 박정희 대통령의 이름을 말했다. 잠시 신동엽 씨가 지체하자, 사회자는 다른 출연자에게 질문을 던지며 방송을 이어 나갔다.

신동엽 씨에게 시간을 주면서 대답을 기다렸다면 그가 생각하고 있는 영웅은 누구였을까? 하는 생각을 해본다.

"영웅아, 나라와 나라가 서로 다른 점에 대하여 얘기를 해준 적이 있는데 아는 대로 얘기해 봐라."

"스님, 조금 길게 얘기해도 되나요?"

"그래, 해봐."

"각각의 나라들은 지리적 여건, 즉 자연의 환경이 다르고 자연에 적응하고 의지하여 살기 때문에 생활풍습이 다르고 전통이 다르며 생활 습관이 나라마다 다를 것입니다. 때문에 서로가 가까워지려면 먼저 그 나라의 문화와 풍습을 먼저 알고 이해해야 할 것입니다. 이제는 세상에 많은 나라들의 다양한 문화가 동시에 함께 어우러지며 공존하는 시기가 도래되었지요. 다양한 나라의 문화가 공존하는 시대가 되면서 나라마다 독특한 자신들만이 지니고 있는 조상의 蘖(얼)과 魂(혼)이 담겨져 있는 문화라는 상품과 전통을 세계시장에 내놓고 선을 보이기에 이르렀으며, 나라마다 서로 다른 문화가 상품이 되면서 각 나라들은 문화전쟁의 시기를 맞이하고 있는 듯합니다."

"그렇구나! 영웅아, 언젠가 문화전쟁에 대해서 얘기를 해준 것 같은데 네가 설명을 해보아라."

"예, 지난 세기에 치러졌던 1차, 2차 세계대전은 서로 무력과 힘을 앞세운 강대국들이 약소국을 괴롭히고 침략하는 무력중심의 전쟁이었으며, 무력은 또 다른 무력을 낳는 악순환이 거듭되었습니다. 세계는 생산 없는 무력전쟁(소모전)을 치르면서 서로가 공존하며 함께 살아가기 위해서는 서로를 존중하며 평화를 유지하는 것이 서로에게 이익이 된다는 것을 알게 되면서 세계는 총칼 없는 전쟁인 경제전쟁에 돌입하게 됩니다. 경제전쟁을 치르면서 탄탄해진 경제를 바탕으로 가까워진 서로의 나라들은 자신들만의 문화를 자원으로 하여 고부가가치의 상품을 개발하여 내다파는 문화전쟁의 시기를 만들어 가고 있습니다. 문화가 상품이 되어 서로가 다른 다양한 문화가 지구촌을 쓸고 지나가면서 문화전쟁의 시기로 가고 있습니다.”

“그럼 이 시대에 치르고 있는 문화의 상품화전쟁도 언젠가는 끝이 날 것인데, 앞으로 세계인들은 무엇을 가지고 새로운 전쟁을 치르게 될까? 얘기해 봐라.”

“글쎄요. 앞으로 무슨 전쟁을 할 것인지 모르겠는데요?”

“언제고 시간을 줄 테니 알아보아라. 통수들한테 물어봐도 되고, 참 요즘에 앞통수, 뒤통수 이 녀석들이 안 보이는데 뭐하고 지내기에 코빼기도 볼 수가 없냐? 영웅아, 그 녀석들은 뭐하고 있냐?”

“스님, 걔네들 저번엔 고구려에 여행을 다녀왔고, 이번엔 부여인가? 옥저인가? 놀러간다고 했는데 올 때가 다 되었습니다.”

“으음, 그랬구나. 그 녀석들이 있어야 한결 수월한데 영웅이 네가 고생이구나. 그나저나 어디까지 얘기를 하다 말았나? 영웅아, 잘 들어라.”

세상은 자연과 함께하는 것이 순리이며 자연의 때에 의해서 모든 나라들은 흥망성쇠와 부침이 있어서 변하게 된다. 나라의 힘은 국민들에게서 나오며 시대가 변하고 때에 국민들이 지니고 있는 시대적 정신이 나라의 힘을 결정한다.

그 시대적 정신 속에 자리하고 있는 인물(지도자)이 누구이며, 어떤 생각과 행동을 하느냐에 따라서 국가의 힘과 위상이 달라지는 법이다. 지도자의 행보에 의해 미래에 있을 온갖 일들이 결정되며 변해가는 것이다. 나라를 이끄는 지도자는 그의 자리가 어디든 국민들이 따르고 함께하면서 정신적인 지주의 역할을 담당하며 묵묵히 자신이 맡은 일을 알아서 행할 것이고, 지도자의 영향으로 각 나라들은 제각각의 색깔과 모습을 바꾸며 발전해 나갈 것이다.

"영웅아, 때(시대)마다의 인물들이 세상의 변화를 이끌어 나간다고 했는데 나라와 민족을 위하여 어떤 일을 해야 영웅이라고 할 수가 있을까?"

"그건 제가 말을 할까요?"

"누구냐, 넌?"

"앞통순데요."

"변방에 놀러 갔다더니 언제 왔느냐? 그래 해봐라."

"때의 영웅은 나라와 민족과 겨레를 위하여 대의와 명분이 분명한 정신(먹을거리)과 족적(행동)을 남겨야 하며, 그 행위는 사리사욕이 없고, 훗날의 평가(功)를 바라지도 않으며, 나라의 부름에 응하여 생사를 넘나들면서도 훌륭하게 자신의 일을 하고 간 사람을 말합니다. 잔머리 쓰는 소인배하고는 격이 다르지요."

"제법이구나. 앞통수야, 우리에게도 영웅이 있을까? 있다면 누구일까?"

"스님, 우리나라의 역사 속에 영웅들이 많이 있지요. 고구려의 광개토대왕 신라의 김유신…."

"아니 앞통수야, 멀리 가지 말고 근세의 영웅만 살펴보자."

"예. 그러면 조선시대만으로 보면 백성들이 글은 있으나 배우기가 어려운 것을 알아서 한글을 만들어주신 세종대왕과 누구라도 백척간두의 위험에 처한 나라를 구하신 이순신 장군을 꼽을 것입니다.”

“그렇구나! 그러면 영웅의 표상인 충무공 이순신 장군의 족적을 더듬어보면서 근세와 현세에 이 땅에는 어떤 일들(족적)을 하신 영웅들이 있으며 무엇을 우리들에게 남기고 가셨는지 살펴보고, 진정 나라와 민족을 위한다는 것이 무엇인가를 살펴보자.”

민족의 영웅 이순신 장군

민족의 영웅은 시대가 변하고 나라의 이름이 바뀌어도 그 땅을 의지하며 살아가는 사람들에게는 변함없이 추앙하고 기리는 인물이다. 영웅의 행동과 업적이 그 땅에서 태어나 살아가는 누구의 정신에라도 얼과 혼이 되어 잦아들어 있고 스며들어 있어서 시공을 초월하여 함께하고 있기 때문이다.

장군이 남기신 업적은 말이나 글이 필요가 없을 정도로 누구라도 익히 알고 있어서 聖雄(성웅)으로 칭송하며 기리는 것이리라.

얼마 전에 지인들과의 대화 속에서 우연히 영웅들의 얘기를 들먹이다가 자연스레 충무공 이순신 장군에 대한 얘기도 오고 갔다. 어느 지인이 이순신 장군이 전쟁터에서 돌아가신 것은 확실하나 왜구들의 총탄을 맞고 돌아가신 것이 아니라 아군(명나라)측의 총탄에 돌아가셨을 것이라는 얘기를 어디선가 들었다는 것이 아닌가.

"무슨 소리야?"

"그러니까 그게….."

한참 얘기를 나누면서 생각을 해보니 전쟁터에서 돌아가셨건만 당시의 시대적인 특수한 상황을 이용하여 누군가가 만들어 낸 얘기가 아닌가 싶다.

"뒤통수야, 너는 뜬구름 같은 말을 어떻게 생각하고 있냐?"

"스님, 이순신 장군은 아군(명나라)의 총탄에 돌아가신 것이 거의 확실한 것 같습니다. 왜놈들이 이순신 장군이 바다를 지키고 있는 한 제 나라로 돌아 갈 수가 없다는 것을 알기에 명나라 장수에게 뇌물을 주면서 장군을 제거해 달라는 부탁을 했다는 역사의 기록도 있습니다."

"그래! 앞통수 너는 어떻게 생각을 하고 있냐?"

"예, 스님 저도 뒤통수와 같은 생각입니다. 한양의 조정에 있는 왕이나 대신들은 전쟁이 끝이 났을 때에 장군에 대한 대우에 대하여 고심했고, 명나라 장수들이 왜군들에게 뇌물을 받은 것을 알고서도 묵인을 한 것을 보면 직접 장군을 제거하는 일에는 참여하지는 않았다고 하더라도 무언가의 묵계가 있었다고 생각을 합니다."

"뭐야. 너희들이 그렇게 생각을 하고 있다면 조금 더 애기를 해봐라. 그래 뒤통수가 얘기해 봐라."

"예, 장군이 타고 있던 장군선이 적과의 접전이 이루어져 혼란한 틈을 이용하여 왜군이 쏜 탄환을 맞았다고 하지만 장군이 그렇게 허술하게 자신을 노출시키면서 전쟁을 치르지는 않았을 것입니다. 사거리가 긴 우리 해군의 대포가 왜군들을 제압한 상황에서의 접전이었을 터인데 근거리가 아니면 절대 한 발의 총으로 명중시킨다는 것은 불가능한 일입니다. 조정의 정권을 잡은 동인들의 입장에서 서인인 장군이 전쟁에 승리하여 한양에 입성을 하면 자신들의 입지가 점점 작아지며 내몰릴 것을 염려하여 어떻게 해서라도 장군이 한양의 정치무대에 등극하는 일은 막아야 한다는 그들 나름대로의 계산이 있었던 것 같습니다. 장군을 전쟁터에서 제거하려는 음모를 꾸몄을 가능성이 높지요."

"아니 이거 괜한 얘기를 꺼냈나. 영웅들의 얘기를 하자고 한 건데. 아니 애들이 작당을 했나? 야! 너희 통수들, 어디서 놀다가 들었는지 몰라도 함부로 근거 없는 말을 하면 안 된다. 너희들이 한 말은 안 들은 말로 해야겠다. 영웅아, 너는 장군의 죽음에 대하여 어떤 생각을 갖고 있는지 네가 속 시원하게 얘기 좀 해봐라."

"스님, 얘기를 한다고 무엇이 시원하겠어요? 왕이 통치하는 나라에서는 왕의 말이 법이었으니 선조 왕에게 물어보면 되는 일이니까, 언제 왕을 만나면 물어 봐야겠어요."

"그래 잘 생각했다. 선조왕을 만나보고 와서 얘기해 주어라.

그리고 장군의 서거에 대해서도 시시비비를 논하지 말자.

그나저나 왕의 나라에서 왕의 한 마디 말에 생사가 갈리고 법인 것을 누구라도 모르지는 않을 것이다.

태조 이성계는 자신이 세운 조선의 백년대계를 위하여 전국의 명산과 사찰을 돌며 기도하며, 자신이 세운 李(이) 씨의 왕조가 튼튼히 번성하며 자자손손 이어나가길 희망했다. 국가의 기반을 탄탄히 다지는 일이면 어떤 일이든 실행하였으며, 걸림돌이 되겠다 싶으면 철저하게 제거하였다.

그런데 어느 신하가 李(이)는 오행 상으로 나무(木)에 속하는데 나무는 쇠(金)를 만나면 꺾기는 이치라 金(금)의 성씨가 아무래도 전하가 세운 조선에 도움이 안 되고 이 씨의 왕조를 해칠 것 같다는 말을 늘어놓았다. 신하의 말을 들은 이성계는 뜻하지 않은 말을 듣고 심각해지며 '金極木(금극목)이라 쇠가 나무를 해친다' 라고 되뇌이며 신음을 한다.

아무리 왕이 통치하는 나라라지만 천년도 넘게 사용한 남의 성씨를 함부로 바꾸게 할 수는 없는 일인지라 이성계는 신하들과 쇠가 나무를 해치지 않는 묘안을 짜기에 이른다.

그래서 찾아낸 묘안은 쇠의 기운(김)을 빼내면 쇠가 나무를 해치지 않을 것이라는 착상을 하게 되었다. 金(금)을 김으로 발음을 하면 쇠의 김이 빠져서 李(이)씨를 極(극)하지 못할 것이라는 생각을 한 것이다. 그래서 金(금)자를 쓰되 읽거나 부를 때에는 금 씨를 김 씨로 바꾸어 사용하라는 왕명을 내린다.

그때부터 금 씨들을 김 씨라 부르게 되었다고 한다. 그래서인가! 이씨조선에 김 씨들이 특별하게 반감을 갖고 반역을 도모한 일은 없었다고 한다.

　자연을 이루는 모든 만물들은 아롱다롱 모여 살기에 분야별 제각각 조화를 이루며 다투거나 싸우지 않고 남을 업신여기거나 깔보지 않고 살아가는데, 유독 사람의 행동은 그렇지가 않아서 들여다보면 볼수록 묘하다고 하지 않을 수가 없다.
　"스님, 세상을 지배하고 살아가는 것이 사람이니까 사람이 세상에서 제일 잘나고 특출한 것 같은데 스님은 어떻게 생각을 하세요?"
　"영웅아, 그런 생각은 아주 잘못되고 위험한 생각이다. 욕심이고 자만이고 집착이다. 그런 생각을 갖게 되면 항상 나를 내세우려고 남을 억압하며 공격하게 되어 있는데 남인들 '나잡아가시오' 하며 가만있겠냐? 상대편에서도 당연히 방어와 공격을 하게 되어 있지. 내가 좋은 자리에 앉기를 바라면 남들도 똑같은 생각을 하기 때문에 도리어 남들이 나를 밀어내게 된다. 자신이 칼을 쥐고 있다고 누군가를 해치려한다면 도리어 칼은 나를 향한다는 것을 알아야 해. 그래서 세상을 살아가는 사람들은 잘난 것도 특출 난 것도 아니며 그저 자연과 함께 살아가야 되는 거야."
　"아! 그래서 충무공 이순신 장군도 모함을 받아 삭탈관직이 되어 백의종군을 할 때에도 누구를 원망하거나 탓하지 않으셨고, 나라의 왕이나 조정의 대신들이 자신을 버렸지만 도리어 나라의 안위가 걱정이 되어 사비를 들여가면서 아군과 적군의 병력상황이나 동태를 알아보신 건가요?"

"그렇지. 장군은 나라를 지키는 군인이셨기 때문에 왜적이 쳐들어와서 이 강산을 유린하며 쑥대밭을 만드는 것에 항상 관심을 두었고, 그들의 침략을 막을 생각만 하셔서 언제든지 전쟁터로 나가 싸우겠다는 생각을 버리지 않았다."

"스님, 그럼 장군은 어느 면으로 보면 맹한 사람이 아닌가요? 조정 대신들이 왕을 속이면서 모함을 하여 장군의 옷을 벗기고 일반 병사의 대접을 하며 버렸는데도 나라의 안위만 걱정을 한다는 것은?"

"그래, 영웅이 네가 잘 알아들었구나. 모름지기 큰일을 하는 사람들은 작은 것에 연연하지 않고 자신이 품은 큰 줄기만 보고 달리듯 일을 하기 때문에 세속의 범인들이 보면 일면 맹하게도 보이지만 그 맹함이, 맹함이 아닌 것을 알아야 한단다."

"아니 스님, 맹하면 맹한 거지. 맹한 것이 맹한 게 아니라니 무슨 말씀이신지 도통 모르겠는데요?"

"영웅아, 어찌 모든 것을 쉽게 알려고 하느냐?"

장군을 내친 조정에서는 장군의 자리를 원균에게 넘겨주었다. 자리를 꿰어 찬 원균은 이순신이 그동안 세운 공을 알고 있었기에 자기도 공을 세워보려는 마음이 급했을 것이다. 원균은 호기와 기개만을 내세우며 왜놈들의 거짓 정보와 계략에 말려서 조선의 수군을 칠량해전에서 전투다운 전투도 한 번 못해보고 왜군에게 몰살을 당했고, 그 자신도 왜군의 공격으로 생을 마감한다.

"스님, 원균의 죽음도 스스로 공을 탐한 자신이 불러온 것도 있지만 어찌 보면 조정 대신들이 빨리 이순신처럼 왜군을 무찌르라고 재촉을 하거나 서로 어떤 밀약이 있지는 않았을까요? 그런 측면으로 보면 원균의 죽음은 조정 대신들이 죽인 것이나 다름이 없다는 생각이 듭니다."

"그래, 듣고 보니 그렇게도 생각을 하겠다."

칠량해전의 패배로 조선의 바다는 다시 왜놈들의 앞마당으로 변하여 언제든지 왜군이 배를 몰고 물길로도 한양에 들어올 수가 있게 되었으니 도덕군자의 나라임을 자처하며 당파싸움을 벌이던 조정의 대신들이나 당파논쟁의 놀이를 즐기시던 선조대왕에게 큰일이었다.

"영웅아, 그때 왕과 조정의 대신들은 어떤 묘안을 짜냈는지 얘기 좀 해봐라."

"분명 궁하면 통하는 것이 있다고 했는데…. 예, 조정의 대신들은 자신들의 말을 잘 안 듣고 호락호락하지 않아서 폐기처분했던 이순신 장군을 내키지는 않았으나 할 수 없이 재활용하여 삼도 수군통제사에 임용합니다."

"그래, 우리나라는 벌써 오래전부터 모든 것을 '재활용' 하여 썼다는 얘기구나."

다시 수군을 이끌게 된 이순신 장군은 임지에 내려가서 왕에게 '아직 臣(신)에게는 12척의 배와 120여 명의 수군이 있다'는 장계를 올린다. 걱정하는 어버이(나라)를 생각하는 자식의 마음으로 왕을 안심시키는 글이었다. 장군의 수고와 노력으로 조선의 수군은 조직이 되살아났다. 힘없는 군인들을 모으고 훈련시켜서 작전을 수행할 수 있도록 하였다. 군선 또한 온전한 것이 없었다.

어렵게 자금을 마련하여 새로이 배를 만들었으며, 연구 끝에 철갑선인 거북선을 제작했다. 많았던 수군들과 전함들을 몽땅 칠량바다에 수장시키고 겨우 12척의 배와 수군들은 120여 명뿐이었지만, 장군은 누구를 탓하거나, 책하거나, 원망도 하지 않고 밀려올 왜군들을 막을 준비에만 몰두하였다.

칠량해전에서 승리한 왜군은 조선 수군의 모든 장비나 병력을 섬멸하고 기고만장했다. 장군이 재활용된 지 두어 달 만에 "이순신이라도 별 수가 없겠지!" 하며 수백여 척의 전함과 수천을 헤아리는 군사를 몰고 공격해 온다.

"가만, 영웅이도 알고 있을 테니 네가 얘기를 해봐라."

"예. 이미 장군은 왜군이 쳐들어 올 줄 알고 워낙 약한 군세라서 수비에 전념을 하며 군의 사기를 돋으면서 기다리고 있었습니다. 그런데 그냥 기다린 것은 아니고요. 명량바다에 쇠줄을 드리워놓고 '강강수월래' 노래를 부르면서 위장하고 있었지요."

강강수월래, 강강수월래

이 강산이 뉘 땅이냐. 강강수월래

배달나라 환웅님이 강강수월래

터를 잡고 씨를 내린 강강수월래

단군조선의 땅이니라 강강수월래

넘볼 땅이 아닌 것을 강강수월래

알았으면 물러가거라 강강수월래

너희들이 命(명)을 재촉하여 강강수월래

오늘 오나 내일 오나 강강수월래

불쌍해도 할 수 없다 강강수월래

이 강산을 망쳐놓고 강강수월래

너희 명이 다하여도 강강수월래

원망일랑 하지 말고 강강수월래

하늘처럼 맑은 명량바다에 강강수월래

명줄일랑 놓고 가소 강강수월래

너희 명줄 수장시킨 강강수월래

우리 장군 원망 마소

강강수월래, 강강수월래….

"스님, 강강수월래 노래를 부르니까 눈물이 나는데요. 스님은 어떠세요?"

"으음, 나도 그래서 하늘을 보고 있어."

몰려온 왜놈들은 이상했다. 뭐야? 전쟁하러왔는데 조선의 배는 안보이고 바닷가 나지막한 언덕에서 노래를 부르며 둥글둥글 돌면서 춤이나 추고 있으니…. 작전인 줄은 꿈에도 몰랐다. 이때의 전쟁을 명량해전이라 하는데 왜군 전함 133척, 수군 2,000여 명을 수장시켰단다.

"스님, 어디선가 들은 얘긴데요"

"뭘 들었는데?"

"이순신 장군의 전공과 당시 전술은 세계의 해군들이 공부하는 필수과목의 교과서에도 수록되어 있다고 합니다."

시대가 인물을 만들며 때를 알아서 운용을 하는 자가 인물(영웅)이라고 하겠다. 왜인들이 퍼트린 거짓 정보에 경상도 수군이나 조정에서도 출전할 것을 명령하였으나, 장군은 적의 기만술임을 알고 끝내 출전을 하지 않았고, 그로인해서 조정의 대신들과 왕에게 미움을 사서 삭탈관직을 당하며 끝내는 백의종군을 하게 된다.

장군은 "전쟁에 임하여 적을 이기는 것보다 내 병사 한 사람의 희생이 없도록 세밀한 작전을 짜야 하고, 한 사람의 희생이라도 예방하는 전투를 하는 것이 장수된 자의 본분"이라고 했으니 어버이가 자식을 사랑하듯 병사들이나 백성들을 내 몸처럼 아끼고 사랑하셨다. 승리에 앞서 백성과 병사들의 안위를 걱정했던 장군의 위대한 정신을 가늠해 볼 수 있는 말이다.

영웅의 삶이 일반 범부들과는 생각과 행동이 다른 것은 大義

(대의)와 名分(명분)을 앞세우기에 타협을 바라는 다른 이들과의 부딪힘과 모함도 받게 된다. 때론 野人(야인)처럼 세상에서 버려지기도 하지만 자신의 뜻을 굽히지 않고, 누구를 탓하지도 않으며, 나라가 존망의 위기에 처하여 나라가 부를 때에는 응하여 자신의 몸마저도 돌보지 않고 일을 하는 사람이다.

왜국이 침략을 해와도 제대로 훈련된 군사도 없었고, 제대로 사용할 만한 병장기나 해안초소, 城(성)의 망루 하나도 준비되어 있지 않았던 처지를 임금은 알고 있었을 것이다.

왕(군주)의 나라에서 임금이 국경의 변방까지 피난을 갔으니 사실상 조선은 망해버린 나라의 처지가 되었다.

밀려드는 왜군들을 해상에서 격퇴하며 왕에게 승전보를 올리고 그들의 퇴로를 차단하며 수십 번의 전투에서 이겼으나 안타깝게도 전쟁터에서 장렬이 순국한 충무공 이순신 장군의 업적을 어찌 말로 다할 수가 있겠는가? 바람 앞에 등불 같은 위기에 처한 나라를 구하고 이후 삼백여 년 동안 왜놈들은 감히 조선을 넘보지 않게 혼을 내주어 백성들이 편하게 살 수 있도록 길을 낸 영웅이 충무공 이순신 장군이시다.

조선과 조선 말기의 시대적 상황

"조선의 국호는 古朝鮮(고조선)을 계승한다는 뜻으로 朝鮮(조선)이라 하였는데 영웅아, 조선의 건국이념에 대하여 아는 대로 얘기를 해봐라."

"예, 스님. 조선의 건국이념은, 고려가 망하게 된 것은 불교의 영향이 크다고 판단하여 불교를 억압하고 유교를 숭상했습니다. 주변의 나라와는 서로 친하게 지내자는 선린외교정책을 내세웠고 농사를 근본산업으로 삼았습니다."

"그래 그랬지. 그리고 공자의 도덕정치를 실현하고자 했고, 정치제도는 양반제를 시행하였지."

"그런대요, 스님. 조선시대에 양반은 무얼 양쪽으로 잘라 놓은 건가요?"

"누구냐? 넌."

"예, 뒤통숩니다."

"으음, 어디를 쏘다니며 놀다 와서 말도 안 되는 얘기로 뒤통수를 치는 거냐?"

조선의 양반제도란 문반과 무반의 제도를 말하며 주로 문반 중심의 정치를 하였다. 조선은 고려조의 몰락을 초래했던 무신정치의 폐단을 알고 있었기에 나라의 기틀을 잡아나가면서 문반 중심의 정치를 강화했다. 무반들은 자연히 문반들의 아랫자리에서 허드렛일이나 하는 신세로 전락하면서 조선의 후대로 내려오면 나라의 안위와 국방이 불안해지는 결과를 초래한다.

조선의 문을 연 이성계는 공자 死後(사후) 1,800년이 지나 유교의 도덕정치의 실현이라는 깃발을 내세워 걸었으니 조선은 세계 역사상 유일무이하게 도덕정치를 실현한 나라이다.

공자가 주창하고 맹자가 정리하여 유교의 틀이 형성되었고, 후대에는 주자학으로 발전을 한 것이 유교이다. 공자는 도덕정치를 펴려고 천하를 주유하였으나, 당시 중원의 어느 나라도 공자를 모시고 유교의 도덕정치를 펼치려는 나라가 없었다. 맹자의 시대에도 역시 비슷했던 것을 이성계가 모를 리가 없었을 터인데 묘한 일이 아닐 수가 없다.

"통수야?"

"예."

"뒤통수 말고 앞통수! 네가 조선 정치의 특성에 대하여 아는 대로 얘기를 해봐라."

"예, 스님. 조선의 역사를 간략하게 얘기하자면 두 번의 전쟁(임진왜란과 병자호란)과 끊임없는 당파 싸움이 떠오릅니다. 조선의 정치는 시간이 갈수록 名分(명분)을 내세우며 파당의 장으로 변하게 되었습니다. 자연이 변하고 시대가 변하면 명분 또한 변해야 하는 것인데도 이조의 정치사를 들여다보면 왜 그랬나 싶을 정도로 명분과 당파에 치우쳐서 융통성이라고는 없었습니다."

"그럼 임진왜란은 앞에서 거론이 되었으니 병자호란에 대해서 뒤통수가 아는 대로 얘기를 해보아라."

"예, 스님. 조선이 개국 시에 중국에는 明(명)나라가 패권을 쥐고 있었으나, 조선 중기에 이르러 후금이 세운 청나라가 명을 멸망시키고 중원을 차지하였습니다. 그러나 조선은 청나라를 야만족으로 취급했습니다. 明(명)을 제압하여 힘이 넘쳐나

던 청나라가 자신들의 말을 안 듣는 변방의 조선을 그냥 두었
겠어요? 어찌 보면 매를 벌었지요.”

결국 조선은 청나라의 공격을 자초한 꼴이 되었다. 그리고
임금도 청국 장수에게 나아가 삼전도의 치욕을 치르고, 왕자는
볼모로 잡혀갔지만 청에 대한 조선의 태도는 변하지 않았다.
힘없는 나라가 명분을 내세웠다가 굴욕을 당하는 역사를 다시
는 되풀이 하여서는 안 될 것이다.

임진왜란을 일으켜서 조선에게 얻어맞고 물러간 일본은 서
양의 문물을 받아들이고 부국강병의 정책을 펴며 스스로 힘을
비축한다. 그리고 다시 슬슬 조선을 넘보는데 조선의 정권을
쥔 양반들은 주변의 나라들이 어떻게 변하고 있는지 아랑곳없
이 나라의 문을 걸어 잠그고 당파싸움만을 일삼았으니 어찌 나
라가 망하지 않을 수가 있겠는가?

위정자들의 잘못된 통치는 그 피해가 힘없는 백성들에게 돌
아가는 것은 불을 보듯 뻔한 일이다.

남해안에 왜구의 출몰이 잦아지고 지방 토호들이나 양반들
의 학정에 시달리던 농민들이 급기야 민란으로 봉기한다. 나라
에서는 농민군을 제압하지 못하여 청나라와 일본의 군대를 끌
어들여 농민군을 진압하였으나, 힘을 빌려준 일본이 일을 마쳤
다고 순순히 떠나지 않았다.

“그래, 일본이 조선의 뒤통수를 치며 한반도에 한쪽 다리를

걸치는데 이 부분은 뒤통수가 얘기하는 것이 좋겠구나."

"예. 왜놈들은 조선의 국모(명성황후)를 살해하고, 조선의 군인들을 강제해산시켰으며, 강제로 을사보호조약을 체결하더니 경술년에는 한일합방을 공표하면서 식민통치의 막을 올립니다. 그 후로 나라 잃은 조선의 백성들은 총알받이로 남양군도로 끌려가고 만주나 일본의 탄광에서 노역을 해야 했으며, 심지어 군인들의 노리개로 여자들도 끌어갔습니다. 조선인은 나라 잃은 고통이 어떤 것인지 몸소 체험해야만 했습니다."

"그래, 그랬지. 나라나 민족이나 지도자를 만나지 못하면 구심점이 없어서 힘을 잃게 되고, 힘이 있어도 제대로 힘을 쓸 수가 없는 것이다."

땅덩어리가 크고 작음에서 나라의 힘이 나오는 것이 아니라, 그 땅에 살아가는 이들에게 시대정신과 조상의 혼과 얼이 얼마나 잠재되어 있는지에 달려있다.

적당한 영웅은 필요치 않다

하늘이 열리고 대지가 굳어지며 많은 나라들이 백성들과 함께 나름의 역사를 창조했고, 그때마다의 영웅들이 역사의 전면에 나타나 흥망성쇠를 좌우했다.

세상에 용감한 사람이 있어 '과연 인물이구나!' 하여 관심을 갖고 행하는 짓거리를 들여다보면 적당히 용감한 척하는 사람임을 알게 된다. 그럴 때마다 마음에 두었던 만큼 허전함이 몰려온다.

어디 쉬운 일인가? 공과에 눈 돌리지 않으며, 私(사)를 버리고 대의를 행하며, 초연하고 허허로우며, 부귀를 털어버리고 자유인으로 산다는 것이! 세상을 살아가는 누구라도 자신의 뜻으로 세상에 온 것이 아니기에 어떻게 살아야 잘사는 것인지에 대해서는 누구라도 한번쯤은 생각해 보았을 것이나, 어디 쉽게 답을 얻을 수 있을까?

제각각의 생각과 개성으로 살아가는데 '이렇게 살아야 잘 사는 것이다' 라고 잘라서 정의를 내릴 수는 없다. 그러나 사람은 누구라도 사람답게 이웃과 조화를 이루며 살아가는 것이고, 남에게 피해를 주지 않고 선하게 살며, 스스로 아름답게 살아가기를 추구할 것이다. 말이나 글로는 사람답게 사는 것을 쉽게 표현하지만 쉬운 만큼 어려운 것이 세상살이다. 홀로 잘 살아가는 것조차도 쉬운 일이 아닌데 만인이 영웅으로 기억하고 기리며 시간이 흘러가도 후손들에게 변하지 않는 사랑을 받는 영웅이 되기란 여간 어려운 일이 아닌 것이다.

거울은 언제 들여다보아도 정직하다. 옷깃이 틀어져 있으면 틀어진 대로 보이고, 수염이 더부룩하면 더부룩 한 대로 보이고, 얼굴을 찡그리면 함께 찡그리고 웃으면 함께 웃는다.

맑은 날 하늘은 눈에 곧바로 들어오나 흐린 날 하늘은 구름만 보일 뿐 하늘은 볼 수가 없다. 그렇다고 구름이 하늘일 수는 없으며, 누구라도 구름이 하늘이라고는 말하지 않을 것이다.

높고 맑은 하늘을 항상 볼 수가 없는 것은 구름이 일어나서 덮고 있기 때문이다. 그러나 구름 또한 자신의 일을 하기 위하여 하늘을 가리고 있는 것을 안다면 구름이 하는 일을 마치기를 기다려야 하늘을 볼 수가 있는 것이다.

맑은 날도 흐린 날도 하늘은 항상 제자리에 있으며, 아래에 있는 땅을 거울 비추듯 보고 있으니 말하지 않아도 땅에 의지하며 살아가는 사람들을 보고 있을 것이며, 알고 있을 것이다. 그래서 '민심은 천심이다' 라고 하지 않던가!

땅에서의 어떤 행동도 말하지 않아도 하늘은 이미 알고 있다는 것일 게다. 자리를 꿰어 차고 앉아서 적당히 호기와 용기를 부리고, 적당히 용감한 척하며 군림하는 것이나 제 배나 불리며 잇속을 차리는 사람을 어찌 하늘이 모르겠는가?

바람이 몰고 온 구름이 때의 일을 하고 지나가면 소멸되듯이 그들 또한 세월이 흐르면 적당히 용감한 척했던 이들이라는 것은 누구라도 알게 될 것이다.

세월이 흘러도 보석의 가치는 변함이 없듯이 시대를 이끌고 엮어간 영웅들이 남긴 족적은 어느 보석보다도 더한 값을 발휘하는 것이니 이는 그 땅에 살고 있는 사람들의 정신에 얼과 혼이 되어 전해져 가기 때문이다.

나무가 그늘의 시원함을 주는 것은 분명 누군가가 나무를 심었기 때문이듯, 한 나라의 번영 또한 누군가 번영을 누릴 만한 일을 한 것을 알아야 할 것이다.

조상의 얼과 혼은 시대를 뛰어넘어 그 땅의 자손들에게 이어
지며 그 힘이 국력의 바탕이 된다.

한 나라의 기상과 백성들의 힘은 때의 영웅이 과연 어떤 일
을 그 땅에 심어주었는지에 따라서 그 나라의 힘을 알 수가 있
을 것이다.

- 나라를 빼앗겼던 시절에 세계만방에 대한국민이 살아있
음을 알리고, 타국 땅에서 수만 리를 돌며 대한국인으로
살았고, 해방 후 분단 조국에 가슴 아파하며 민족은 하나
라고 외치신 영웅이 있었으니 그가 누구인가를 알고 있는
가?
- 천형(天刑) 같은 가난의 대물림을 몰아내고 스스로 민족중
흥의 역사를 창조하며 조국을 근대화시키고, 중화학공업
국의 틀을 세워 지금의 번영을 누릴 수 있도록 몸 바쳐 일
한 영웅이 있었으니 그가 누구인가를 알아야 할 것이다.
- 세계 곳곳을 누비며 민족의 슬기와 문화를 알리고 나라조
차도 감당할 수가 없는 일을 떠맡았으며, 문화의 씨를 뿌
려 한류의 발판을 마련한 영웅이 있었으니 그가 누구인가
를 알아야겠다.
- 앞으로 이 땅과 이 민족을 위하여 어떤 영웅이 때를 준비
하고 있는지도 우리들은 또 알아야 할 것이다.

사람의 한 세대가 30년이라서 시대별로 분류해 보았다.

1930~50년대(민족은 하나이다) － **김구**

1960~80년대(민족중흥의 역사) － **박정희**

1990~2010년대(세계시장에 한류문화를) － **정주영**

2010년 이후~(?) － **(누구?)**

과거의 역사 속에 현재가 담겨있고 현재 우리의 생활 속에는 미래 자손들의 삶이 담겨있듯이 과거, 현재, 미래가 서로 맞물려 있기에 우리가 역사를 소중하게 여기고 알아야 하는 것은 지금 우리의 삶이 소중하며, 이 땅의 자손들의 삶도 소중하기 때문이다.

자연은 때가 준비되어 있어서 봄이 봄다울 때면 여름이 오고, 여름이 여름답다 싶으면 가을이 오며, 가을이 익어가나 싶으면 준비하고 있던 겨울이 오지 않던가?

설움 가득한 이 땅에 민족정신을 일깨워주고, 가난을 몰아냈으며, 문화를 즐기게 해준 영웅들이 일하고 간 것을 세월이 흘러갔다고 간과하거나 잊어서는 안 될 것이다. 이 땅에 태어나서 이 땅을 위하여 일을 하고 간 지도자(영웅)의 발자취를 살펴보는 것은 우리 자신을 되돌아보는 것이며, 이 땅의 모두가 영웅이 되는 길이기 때문이다.

앞으로 우리에게 어떤 지도자(영웅)가 어떤 색깔과 모양의 먹을거리를 준비하고 있는가 알아보자.

분명 준비된 영웅은 때를 기다리고 있다.

제2장

김구 

(1876~1949)

– 민족이 하나인데 분단이라니!

소원은 조국의 완전한 독립이오

"영웅아, 백범 김구 선생님의 생애에 대하여 아는 대로 얘기를 해보아라."

"예, 스님. 김구 선생님의 생애는 우리 민족의 암울했던 식민지시대의 역사이며, 광복을 위한 민족의 처절한 독립운동사이며, 민족 분단을 몸으로 막아보려고 발버둥치신 민족의 교과서와도 같은 삶을 사신 분이라 하겠습니다."

"그래, 그분은 정말 교과서 같은 삶을 사셨지!"

"일본의 군부가 히로시마에 원자폭탄의 세례를 받고서야 항복을 하는데 다들 독립만세를 부르며 해방된 조국을 맞아서 좋아 기뻐할 때에 일본이 항복을 했다는 소식을 접한 김구는 땅을 치며 목 놓아 통곡을 했다는데. 뒤통수야, 왜 백범 선생님이 그러셨는지 아느냐?"

“아니요. 잘 모르겠는데요. 나라가 해방이 되었으면 당연히 기뻐했을 텐데 왜 그렇게 통곡을 하셨는지 모르겠는데요.”

“그럼, 영웅이가 말을 해보렴.”

“예, 스님. 당시에 김구 선생님은 나라의 독립을 위해서 광복군을 조직하여 군사훈련을 시키던 중이었으며 자국의 군대가 배제된 상태에서 맞이하는 독립은 열강들의 힘에 의해서 좌지우지 되어 민족의 분단으로 이어지는 것은 불 보듯 뻔하였기 때문이었습니다. 그래서 하늘이 조금만 참고 기다려 주었으면 우리의 군대에 의해서 독립을 이룰 수가 있었을 텐데 하는 마음이었는데, ‘이젠 남의 힘으로 독립이 되었으니 내 눈으로 민족이 분단되는 것을 어찌 볼 수가 있단 말인가?’ 하시며 통곡하신 것으로 알고 있습니다.”

“그래, 선생님이 얼마나 모질고도 긴 인고의 세월을 타국 땅에서 나라의 독립을 위하여 동분서주하며 혼신의 힘을 바쳤는지 번영된 시대를 사는 지금 사람들도 잘 알아야 하는데….”

일본이 물러갔으나 북쪽은 소련군이, 남쪽은 미군이 들어와 자리 잡고 앉아서 이 땅의 주인 행세를 하였다. 그럼에도 나라의 주인들은 힘이 없어서 아무것도 할 수가 없었다.

김구 선생은 미군정에서 상해 임시정부를 인정해주지 않아 개인 자격으로 해방된 조국의 땅을 밟으며 자주독립과 통일정부 수립을 목표로 광복된 정계에서 행보를 이어간다.

해방 후 북한에서는 소련이 내세운 인물인 김일성이 등장하고 공산세력의 수중에 떨어지면서 정치활동은 할 수가 없는 세상으로 변했다. 신탁통치를 찬성하며 남한과는 극명하게 사상과 이념적으로 선을 그어 나갔고, 남한도 민주 우익 진영의 인사들을 중심으로 신탁통치를 반대하며 좌익세력에 대하여는 철저한 적의로 맞서는 상황이었다.

김구는 우익의 대표인사로서 좌익세력까지도 포용하며 국민적 통합을 이루려는 시도를 하였다. 우익 인사들이 김일성의 선동에 놀아날 것이라며 만류하였으나, 38선을 넘어가서 남북 정치지도자회의에도 참석을 했다. 그러나 아무런 소득도 얻지 못하고 돌아온다.

민족은 하나이건만 남한과 북한에 각각의 정부가 수립되어 남한만 선거를 치른다는 것은 민족이 분단을 의미하는 것이기에 김구는 홀로 남한만의 단독 정부 수립을 반대했다.

1948년 2월에 '삼천만 동포에게 읍고함' 이란 성명서에서는 "나는 통일된 조국을 건설하려다가 38선을 베고 쓰러질지언정 남한 단독 정부를 세우는 데는 협력하지 않겠다"고 하며 "통일을 위해서는 어떠한 고난이나 역경이라도 감내하겠다"는 의지를 천명했다.

강대국의 점령 하에 남한은 남한대로, 북한은 북한대로의 정부가 별도로 수립되었다. 민족 분단의 비애를 안고 애통해하는 민족지도자 김구는 현실정치의 제물로 끝내 안두희의 흉탄을 맞고 생을 마감한다.

민족을 위해 용감하며 당당하였으니 살아서도 백년이요, 죽어서도 천년의 영웅이라 하겠다.

해방은 되었으나 – 분단의 현실

삼국시대 魏(위)나라의 왕인 조조는 아들인 조비를 태자로 봉했지만 셋째아들인 조식의 글짓는 재주를 아껴 여러 번 태자에 봉하려고 하였다. 그러나 끝내 뜻을 이루지 못하고 타계하였고, 그 후에 태자인 조비가 왕위에 오르니 그가 魏(위)의 文帝(문제)이다.

왕위에 오른 조비는 아버지의 총애를 받아 자신의 자리를 위협한 아우인 조식을 미워하고 괴롭히며 박해를 가하다가 결국엔 동생을 제거하려는 뜻을 품기에 이른다.

어느 연회에서 조비는 갑자기 동생의 글재주가 사실인지 알아보겠다며 글을 짓게 했다. 일곱 발자국을 걷는 사이에 시를 지으라는 명령을 내리며 만약 글을 짓지 못하면 죄를 묻겠다고 하였다. 아우인 조식은 글을 지었다.

“콩을 끓여 국을 만들고 콩을 걸러 즙을 만든다.
콩깍지는 솥 아래서 불을 지피고 콩은 솥 안에서 눈물 흘린다.
본시 한뿌리에서 태어났건만 이리도 뜨겁게 불을 때는가?”

동생에 대한 질투심에 불타던 조비는 그날의 연회가 있은 후로는 동생인 조식을 괴롭히지는 않았으나, 형제가 서로 만나지는 않았다고 한다.

"해방이 되면서 국내외에서 활동을 하던 많은 애국지사들이 속속 국내로 돌아오는데, 상해의 김구 선생님과 임시정부의 요인들은 어떻게 해방된 조국에 오셨는지 뒤통수가 얘기해 봐라."

"예. 우리의 힘으로 해방이 된 것이 아니라서 북한은 스탈린이 교육한 김일성이 소련군대와 함께 들어와 장악을 했고, 남한은 미군이 들어와서 주인노릇을 하고 있었습니다. 미군정에서는 상해 임시정부를 인정해주질 않았지요. 상해 임시정부의 국무위원을 포함한 요인들과 함께 김구 선생님도 초라하게 개인자격으로서 1945년 11월 국내에 들어오게 됩니다."

"그래, 선생의 초라한 그때의 모습이 우리들의 모습이었지. 힘없는 나라의 지도자나 백성들이 겪어야 하는 그런 초라함이었지. 그래서 나라가 힘이 있어야 하고, 부강하고, 백성이 잘 살아야 하는 것이다. 해방은 되었으나 정당정치를 해본 경험이 없었으니 그야말로 정치는 북새통이었다. 그때 상황을 앞통수가 얘기를 해보아라."

"예. 스님의 말씀대로 북새통 같은 시기였습니다. 당시 정치는 독립운동에 참여했던 열정과 새로운 정치이념과 사상을 실현하기 위한 장이 되어 자고나면 정당을 만들고 부수고, 모이고 흩어지는 혼란이 연속되었습니다. 그러나 항일 독립운동을 하며 임시정부를 이끌던 김구와 이승만의 행보에 많은 사람들이 관심을 갖고 따르는 상황이었습니다.

"스님, 제가 얘기를 하면 안 될까요?"

"그래라. 뒤통수치는 부분의 얘기라서 그렇잖아도 널 시키려고 했다."

"예. 나라의 장래를 걱정하는 우국지사들도 많았고, 공산당 앞잡이 노릇하는 사람들도 많았던 때였습니다. 더구나 모스크바의 삼국(미국, 소련, 영국) 외상회의에서 결의한 신탁통치 발표는 그야말로 우리의 뒤통수를 치는 결정이었지요. 김구 선생은 분노하였으며 신탁통치 반대운동에 적극 앞장을 섰고, 오직 자주독립의 통일정부 수립을 목표로 정계를 이끌어 나갔습니다. 김구는 1946년 2월 비상국민회의의 부총재에 취임했습니다. 1947년 비상국민회의가 국민회의로 개편되자 부주석이 되었구요. 그해 6월 30일 일본에서 윤봉길, 이봉창, 백정기 등 세 의사의 유골을 운구해와 첫 국민장을 치를 때 선생이 효창공원에서 손수 봉안하였습니다. 이승만은 남한만이라도 민주정부를 수립해야 한다는 쪽이었고, 김구는 어떤 외세의 힘에 의해서 남북이 분열되어서는 안 되며 남북한의 통일정부 수립의 원칙을 고수했지요. 이 때문에 그동안 같은 노선을 함께 걷던 이승만과 정치적으로 틈새가 생깁니다."

"가만 있자. 신탁통치가 발표되면서 북한에서는 쇼를 연출했다고 들었는데. 앞통수야, 네가 얘기해 봐라."

"예. 북한은 신탁통치가 발표되는 초기에는 남한과 같은 목소리로 반탁을 부르짖었으나 소련의 지시에 의해서 찬탁으로 돌아섰습니다. 남한의 좌익세력들도 찬탁 대열에 합류하면서 남한의 정국을 뒤흔들었습니다. 한편, 유엔총회에서 한국임시위원단을 구성하고 그들의 감시 아래 인구비례에 의한 남북한 총선거를 실시하기로 결의를 합니다. 하지만 북한은 '미소 양군 철수 후 자주적 임시정부 수립' 안을 제시하며 임시위원단의 입국을 거부했습니다."

미국은 즉각적으로 유엔에 남한만이라도 선거를 실시하자는 제안을 하게 되었고, 1948년 2월 26일 유엔 소총회에서 이를 받아들여 그해 5월 10일에 남한만의 선거일을 결정을 했다. 김구는 이때 "나는 통일된 조국을 건설하려다가 38선을 베고 쓰러질지언정 남한 단독 정부를 세우는 데는 협력하지 않겠다"라고 성명을 발표하며 통일을 위해서는 어떠한 고난이나 역경이라도 감내하겠다는 결연한 의지를 보였다.

"김구 선생은 북측의 김일성, 김두봉에게 남북의 정치인들끼리 만나서 통일정부 수립방안을 논의하자는 제안을 하셨는데. 영웅아, 네가 설명을 좀 해봐라. 무슨 얘긴지."

"예, 스님. 김구 선생은 남북한이 갈리는 것을 원치 않았습니다. 아무리 외세의 힘에 의해서 분단이 된다 하더라도 남북한의 지도자들이 만나 통일정부 수립을 포함한 제반 문제를 허심탄회하게 토의하자는 제안을 한 것입니다. 그런데 선생의 제안에 북한은 아무런 반응을 보이지 않다가 한 달이 지나서 4월

초에 평양에서 남북한 정치지도자 연석회의를 갖자고 제의를 해왔습니다. 선생은 그들이 초청하며 주장하는 내용에 이미 정치적인 술수가 담겨있음을 알아차렸지요. 선생은 안 갈 수도, 갈 수도 없는 고민을 떠안게 됩니다."

"그래, 분명히 남북한 정치지도자가 모여서 북한을 인정한다는 것처럼 보이려는 속셈이었지."

북의 계략을 알면서도 38선을 넘다

북한의 제의가 있을 즈음에 김구는 이승만을 만났다. 이승만은 김구에게 "아우님, 그동안 빨갱이들의 술책을 알고 있을 테니 평양에 가겠다는 생각은 버려야 할 것 같소. 아우님은 그들에게 허심탄회한 마음으로 통일에 대하여 상의해 보자는 것이나 그들이 보내온 초청장에서도 밝혔듯이 자신들이 한반도에서 남북의 정치지도자들이 모여서 합의한 정부라는 것을 선전하기 위한 자리가 될 것이오. 그들에게 이용당하지 않으려면 평양에 가지 않는 것이 좋을 것 같소."

김구는 대답했다.

"그들과 만나서 남북이 하나의 정부를 만들어 보자는 내 뜻을 그들도 알고 있을 것이며, 그들이 나를 이용하려고 한다는 말들을 하지만 하나인 민족이 갈라져서 분단이 되는 상황인데 누군가는 그들과 대화를 해봐야 하지 않을까요? 하나의 민족이 갈리는 역사를 만들 수는 없지 않아요? 북측에게 이용만 당한다고들 하지만 가보겠습니다.”

그러나 이승만은 극구 말렸다.

“아우님, 괜한 고집을 피우시지 마시고 가지 마시오? 가면 그들의 술책에 놀아나 이용만 당하는 것이요.”

듣고 있던 김구는 더 이상의 대화가 필요 없음을 알고 이승만과 헤어져 나오면서도 머릿속은 온통 하나 된 민족, 하나의 조국 건설이라는 생각뿐이었다.

“이 땅의 누구라도 남과 북은 하나의 민족이며 배달의 자손이라는 생각에는 변함이 없을 것이다. 1948년 4월 19일 주위에서의 걱정과 비방에도 불구하고 김구 선생은 38선을 넘어 가는데 영웅이가 아는 대로 남북한 정치지도자 연석회의를 설명해 보아라.”

“예. 으흠!”

“웬 기침이냐?”

“회의석상이라서….”

“그래 알았다.”

“회담은 4월 19일부터 26일까지 계속되었는데 남한 대표들이 도착하기 전에 이미 회의는 개최되어 진행되고 있었습니다. 뒤늦게 도착한 남한의 박헌영과 백남운이 4월 21일 남한 정세를 보고하였고, 김구는 22일의 회의에서 축사를 하게 됩니다. 그런데 북한의 김일성은 연석회의를 정치적으로 이용하고자 자신들이 짜놓은 각본대로 회의를 진행합니다. 북한의 유일한 우익 민족지도자 조만식 선생도 참석하지 않아서 김구와 조소앙 등은 매우 분개하여 이후로는 본회의장에 참석하지도 않습니다.”

이처럼 남북 연석회의가 아무런 성과도 없이 끝나자 북한은 4월 27일부터 30일 사이에 남북조선 정당사회단체 지도자 협의회라는 명목으로 남북 요인 정치회담을 개최한다. 김구는 실낱같은 희망을 걸고 회담에 참여하지만, 역시 아무런 성과를 얻지 못했다. 이미 강대국에서 결정을 내린 상황이어서 김구가 북한에 가봐야 애초부터 얻을 것은 없었다.

그러나 김구는 민족 분단만큼은 어떤 고통이 따르더라도 막아야겠다는 일념의 생각뿐이었다. 힘없는 나라의 지도자가 무엇을 할 수가 있는 상황이 아니었으며, 어찌 보면 북한조차도 그 결정을 바꿀 수가 없던 상황이었다.

5월 5일 돌아 온 김구 선생은 평양에서의 남북협상 경위와 협의사항을 설명하는 공동성명을 발표한 뒤 남한만의 단독선거도 거부한다. 그러나 김구의 거부는 아무런 영향력을 발휘하지도 못했고, 선거는 예정대로 5월 10일에 치러져 북한 의석 100석을 제외한 198명의 의원이 선출되어 남한만의 제헌국회가 구성된다.

남북한의 단독 정부가 그해 8월 15일과 9월 9일에 서울과 평양에 각각 세워진 뒤에도 김구는 민족 분단의 비애를 딛고 민족통일운동을 재야에서 전개한다. 그러나 1949년 6월 26일 자

택 경교장(京橋莊)에서 누구인가의 사주를 받은 육군 소위 안
두희(安斗熙)에게 암살당하였다.

국모의 원수, 일본군을 죽이다

　1895년 8월 20일 을미사변으로 명성황후가 일본군에게 살해
되자 충격을 받고 만주에 있던 김창수는 1896년 2월에 귀국을
한다. 도중에 용강에서 배를 타고 안악의 치하포로 배를 타고
건너는데, 때는 2월(음 1월) 하순이었다.

　배가 강의 가운데쯤 들어섰을 때 떠다니는 빙산에 배가 포위
되어 조류에 따라서 이리저리 떠다니게 되자, 배 안에서는 공
포심에 우는 사람도 생겼다. 김창수는 뱃사람들에게 "무작정
소리 내어 우는 것이 우리의 살길이 아니니 우리가 힘을 합쳐
서 빙산을 밀어보자"는 제의를 한다. 배에 타고 있던 모든 승
객들이 찬성하였다.

　빙산에 올라가서 형세를 살피고 작은 빙산을 이용하여 큰
빙산을 밀어내기로 했다. 간신히 길이 열려서 김창수를 태운
배는 건너의 강기슭에 닿을 수가 있었다. 김창수라는 청년이
바로 김구이다.

　"청년 김창수는 왜놈들에 대한 미움이 극에 달한 상태였는
데, 치하포의 객점에서 중대한 사건을 일으킨다. 영웅이가 애

기를 이어보아라."

"예. 당시 여관에는 풍랑으로 인해서 유숙하는 손님들이 세 칸의 객방에 가득했습니다."

창수 청년이 잠을 자고 눈을 떴을 때 여행객들이 일어나서 식사를 하려고 소란스러웠고, 방에는 단발을 하고 한복을 입은 사람을 보게 되었다. 그는 같은 방에서 식사를 하려는 나그네들과 인사를 나누면서 스스로 장연에 살고 있다고 했지만, 말투가 경성 말투였다. 김창수는 왜놈이 아닐까 하는 생각이 들어 그 사람을 유심히 살폈다. 그런데 언뜻 흰 두루마기 밑에 숨긴 칼집을 보게 되었다. 김창수는 '그가 보통사람이라면 조선인으로 위장을 할 필요가 없을 것'이란 생각을 하게 되며, '칼을 숨기고 다니는 놈이라면 분명히 조선인에게는 위험한 인물' 이라는 느낌을 가졌다.

'그렇다면 우리 국모를 살해한 미우라가 아닐까? 만일 미우라가 아니더라도 미우라와 같은 공범일 수도 있을 것이며, 칼을 품에 숨기고 다니는 것을 보면 우리 국가와 민족의 독버섯인 것은 명백하다. 내가 저놈이라도 죽여서 국모를 죽인 치욕을 씻어 보리라.'

이렇게 생각을 정리하고 난 김창수는 주위를 살폈다.

'손님 중에 저놈의 패거리가 숨어있는지 알 수가 없고, 혹시나 혼자 섣불리 손을 썼다가 내 목숨만 저놈의 칼에 끊어지는 것은 아닌가?'

김창수는 마음의 결정을 못하고 고민을 하였다. 그러나 그것도 잠시, 언젠가 스승님이 해주셨던 말씀을 떠올리며 청년은 마음의 정리를 한다.

'가지를 잡고 나무를 오르는 것은 대단한 일이 아니지만
벼랑에 매달려 잡은 손을 놓는 것이 가히 장부라 할 수 있다.'

창수 청년은 객점의 주인을 큰소리로 불러 말했다.

"내가 오늘 700리 길을 걸어서 산을 넘어가야 하는데 아침을 든든하게 먹어야겠으니 밥 일곱 상만 더 차려다 주시오."

주인은 방 앞에서 잠시 주춤하더니 대답은 안 하고 돌아서서 다른 방으로 가 그 방에 있는 손님들에게 멀쩡하게 생긴 젊은 사람이 불쌍하게도 미친놈이라는 얘기를 한다. 누가 봐도 밥을 일곱 그릇이나 먹는다는 건 미친 사람이 아니고서는 그런 말을 할 수가 없다는 생각으로 말했던 것이다.

"안 그러니 뒤통수야?"

"나라도 그렇게 봤겠지."

"근데 영웅아, 나도 얘기 좀 이어볼까?"

"그래, 해봐."

"창수 청년은 소란을 피워놓고 방의 한 쪽에 드러누워서 왜놈의 동정을 살펴보았지요. 왜놈은 별로 주의하는 빛도 없이 식사를 마치고 중문 밖에 서서 동행하는 총각 아이가 밥값을 계산하는 것을 지켜보고 있을 때였습니다."

김창수는 서서히 몸을 일으켜 크게 호령을 하며 왜놈을 발길

로 차서 계단 밑으로 떨어뜨리면서, 몸을 날려 왜놈의 목을 힘껏 밟으며 말했다. 그러자 객방에 있는 이들이 나서며 싸움에 가담하려고 하였다.

"누구든지 이 왜놈을 위해서 내게 달려드는 자가 있으면 모두 죽이겠다."

이렇게 외치자, 그 사이에 발밑에 밟혔던 왜놈이 빠져나와 칼을 빼들고 달려들었다. 얼굴을 향해 내려치는 칼날을 피하며 김창수는 상대의 옆구리를 걷어차서 꺼꾸러뜨리고 칼을 빼앗어 그를 죽였다. 그러자 객방에 있던 모든 이들이 마당으로 나와서 무릎을 꿇었다.

"장군님! 살려주세요. 그놈이 왜놈인 줄 모르고 싸움을 말리려고 했습니다."

그들이 용서를 해 달라며 빌고 곁에 있던 노인들도 "아직 어려서 지각이 없는 청년들이니 장군님께서 용서를 하십시오" 하며 용서를 권했다.

객점 주인은 감히 방에 들어오지도 못하고 밖에서 엎드리며 용서를 구했다.

"소인이 눈은 있으나 동자가 없어서 장군님을 몰라 뵙고 능욕을 하였으니 죽어 마땅합니다."

청년은 모든 사람들에게 일어나서 앉으라고 명했다. 그리고 죽은 자의 소지품을 가져와 조사해 보니 '쓰치다' 라는 일본군 중위였던 것이다.

청년은 "그 왜놈 시체를 바다에 던져서 바다의 물고기나 자라가 뜯어 먹도록 하라”고 명하고, 필묵을 가져오라고 하여 포고문을 썼다.

왜놈을 죽인 이유는 국모를 살해한 원수였기 때문이라 밝히고, 마지막 줄에는 ‘해주 백운방 텃골 김창수’ 라고 써서 사람들이 지나다니는 길거리의 벽에다 붙였다.

그는 객점의 주인에게 “안악 군수에게 이 사건의 전말을 꼭 보고하라”고 이르고, 객점을 나와 집으로 향했다.

김창수는 집으로 오던 중에 동학당 친구를 만났다. 그의 얘기를 들은 친구는 “쾌남아다운 행동을 했네. 그러나 집으로는 돌아가지 말게”라며 당부의 말을 하였다.

그러나 김창수는 그렇게 할 수 없다고 말했다.

“대장부의 행동은 모름지기 밝고 떳떳해야 하네. 그래야 사나 죽으나 값이 있는 것이네. 세상을 속이고 구차하게 사는 것은 사나이 대장부가 할 일이 아니지.”

친구와 헤어져 집으로 돌아와서 부친께 그동안에 있었던 얘기를 했더니 부친도 역시 피신할 것을 권하였다.

그러나 김창수는 “왜놈을 죽인 것은 사사로운 감정에서 한 일이 아니라 국모를 살해한 수치를 씻기 위하여 행한 일이니 정정당당하게 대처하겠습니다”라고 말하였다.

김창수는 당당했다.

“피신할 마음이었다면 애초부터 일을 하지도 않았을 것입니다. 이 한 몸을 희생하여 만인에게 교훈을 남긴다면 죽어도 영광된 일이라 생각하고 집에 앉아서 마땅히 당할 일이기에 당하는 것이 의(義)로운 일이라고 생각을 합니다.”

부친은 더 이상 말리지 못하고 “흥하든 망하든 네가 알아서 하여라”라고 하셨다.

“정당한 일, 피신할 수 없다”며 감옥으로

치하포의 객점에서 일본군을 죽인지 석 달이 넘게 아무 소식이 없더니 5월 11일 새벽에 30여 명의 순검과 사령들이 집으로 들이닥쳐 김구는 해주 감영으로 압송되었다. 해주 감영에서 심문을 한 결과 사안이 중대하여 두 달이 지난 7월에 인천 감영으로 김창수는 호송되었다. 옥바라지를 위하여 모친이 순검들과 함께 인천까지 동행했다.

감옥 안은 극히 불결한데다 찌는 듯 더웠고, 해주에서 심문을 당할 때 다리뼈가 부러져서 심하게 고통을 받고 있었다. 몸이 허약한 상태에서 장티푸스까지 걸려서 고생은 이루 말할 수가 없었다. 보름간이나 아무 음식도 넘기지 못하였으나, 열이 내리며 다소 병이 차도를 보일 쯤 심문 날이 잡혔다. 걸을 수가 없어 간수의 등에 업혀 경무청 심문실에 들어갔다.

경무관 김윤정은 죄수의 모습을 보고 “어찌 죄수의 모습이 저렇게 되었냐?”고 물었다.

“열병을 앓아서 그렇습니다.”

간수가 대답했다.

죄수를 내려다보던 김윤정이 김창수에게 물었다.

"묻는 말에 대답을 할 수가 있겠느냐?"

"정신은 있지만 목이 말라있으니 물을 주면 마시고 대답을 하겠소."

김창수의 대답에 청지기가 물을 가져다주어 마시고 심리에 들어갔다.

"네가 안악의 치하포에서 2월 일본인을 살해하고 도적질을 한 일이 있느냐?"

"본인은 그날 그곳에서 국모의 원수를 갚기 위해 왜놈을 하나 때려죽인 사실은 있소."

김창수의 대답에 법정 안은 조용해진다. 왜놈 순사 와타나베는 김창수의 말이 통역을 통해 전해지자 얼굴이 심하게 변했다.

김창수는 와타나베에게 호통을 쳤다.

"이놈! 소위 만국공법, 국제공법 어디에 국가 간에 통상 화친 조약을 체결한 후에 그 나라의 임금을 시해하라는 조항이 있더냐? 이 개만도 못한 왜놈아! 너희가 어찌하여 우리 국모를 시해하였느냐? 내가 죽으면 귀신이 되어서라도 네 왜놈의 임금을 죽이고, 왜놈의 씨를 없애 죽여서 우리 조선의 치욕을 씻으리라!"

통렬히 꾸짖었다.

"칙쇼우! 칙쇼우!"

와타나베는 욕을 하며 자리에서 일어나서 밖으로 나가버

렸다.

법정 안은 긴장감이 감돌았다. 담당법관이 김윤정 경무관에게 말했다.

"사건이 중대한 국사범의 심문이니 감리영감께 말씀을 드려서 직접 주관하시도록 해야겠습니다."

김윤정이 고개를 끄덕였다. 잠시 후에 감리서장 이재정이 들어와서 윗자리에 자리를 잡고 앉았다. 김윤정은 그동안 심문내용을 보고했다. 김창수는 윗자리의 이재정에게 말했다.

"본인은 시골의 일개 천민이지만 국가가 수치를 당하여 신하와 백성의 의리로 밝은 하늘 아래를 비추는 내 그림자가 부끄러워서 왜놈 하나를 죽였소. 아직 우리 조선의 백성 누가 왜놈의 왕을 죽여 복수했다는 소식을 들은 바도 없소. 지금 당신들은 나라에 상을 당하여 몽백을 하고 있는데 춘추대의에 나라님의 원수를 갚지 못하면 몽백을 아니한다는 것을 모르시는 것이요? 어찌 부귀영화와 국록을 도적질하는 더러운 마음으로 임금을 섬긴다고 하시오?"

참관하고 있던 관리들의 얼굴은 달아올라 홍당무가 되었고, 이재정이 하소연하듯이 입을 연다.

"지금 김창수의 말을 들으니 그 충의와 용기가 나를 당황하게 만들어서 심히 부끄러운 마음이오. 그러나 상부의 명령에 보고는 올려야 하겠으니 사실을 상세히 말씀이나 해주시오."

김윤정이 창수의 상처가 위험한 것 같으니 다음날 심문을 하자고 하여 그날의 1차 심문은 끝이 났다.

　1차 심문을 받고 감옥으로 돌아왔으나 전날과 같이 일반 잡범들의 방에 수감하자, 김창수는 옥중에서 크게 소동을 피웠다.

　"그동안 내가 나의 의사를 드러내지 않았으므로 나를 강도나 도적으로 대우하여도 잠자코 있었다. 그러나 오늘은 정당하게 나라의 국모를 죽인 원수인 왜놈을 죽였다고 내 뜻을 밝혔는데, 나를 이렇게 대우하는 것은 왜놈들을 즐겁게 해주기 위한 것이냐?"고 따지듯 소리를 질렀다.

　소란을 전해들은 김윤정이 감방에까지 들어왔다.

　"이보시오. 땅에 금만 그어놓고 그것을 감옥이라고 하여도 도망가지 않을 것이오. 애초에 도망하여 살고자 하였다면 왜놈을 죽였던 그 자리에 내 주소나 이름도 남기지 않았을 것이며, 어찌 석 달이 넘어가도록 집에서 잡으러 오기를 기다리기나 했겠소?"

　김윤정이 그의 말에 수긍을 했다.

　"창수는 다른 죄수들과 다른데 왜 도둑 죄수들과 섞여있게 하느냐? 즉각 좋은 방으로 옮겨 몸을 풀어주고 불편하지 않게 잘 보호하라."

　그 후로 창수의 옥살이는 많이 나아졌고, 2차, 3차의 심문이 있었다. 심문내용은 형식적이었으며, 왜놈의 세상이 되어버린 땅에서 왜놈을 죽였으니 사형수로서의 길은 면할 수가 없었다.

"사형 집행을 멈춰라"

어느 날 신문에 경성, 대구, 평양, 인천의 감리서에 대한 기사가 나왔다. 살인강도 김창수를 교수형에 처한다는 기사였다. 기사를 접한 많은 사람들이 감옥 안팎에서 술렁거렸다. 더러는 산 사람의 조문이 옥에 줄을 이었다.

인천 감리서에서는 사형을 오후에 집행을 했다.

창수도 그날 마음을 가라앉히고 성현의 말씀과 책을 읽으며 교수형 시간을 기다렸으나, 감리서에서 아무런 소식도 없이 지나갔다. 저녁이 되어 저녁밥을 먹고 밤이 되자 모두가 '어? 이상한데?' 하는 생각을 하고 있었다. 그때 여러 사람들의 발자국소리에 이어 옥문이 열리는 소리가 났다.

"김창수가 어느 방에 있소?"

감리서 직원이 물으며 옥문으로 들어왔다.

"이제 당신은 살았소. 우리 감리영감과 감리서 전 직원이 아침부터 지금까지 국모의 원수를 갚겠다며 행동한 당신을 우리들이 어떻게 죽일 수 있겠냐고 형 집행을 미루고 한탄을 하고 있었는데, 조금 전에 대군주 폐하께서 집무실에 있는 전화로 감리영감을 부르시어 김창수의 사형을 정지하라는 명을 내리셨소. 감리영감이 밤중에라도 감옥에 내려가 창수에게 사실을 알려주라는 분부를 하였소. 이제 당신은 살았으니 상심하지 마시오."

감리 직원도 자신이 살아 돌아 온 것 같이 기쁨에 차서 말을 전하고 돌아갔다.

여하튼 고종황제가 친히 전화를 함으로써 김창수는 사형을 면했다. 당시 경성부에 전화가 가설된 것이 오래였지만 경성 외의 지역에 장거리 전화가 설치된 것은 인천이 처음이었다. 인천의 장거리 전화가 가설되고 3일째 되는 날이 김창수의 교수형이 집행되는 날이었으니 전화가 준공되지 않았다면 사형은 집행되고 말았을 것이다.

고종황제의 특명으로 사형이 정지되었다는 소문이 퍼지자 많은 사람들이 치하면회를 위해 옥문에 줄을 이었다.

조롱을 박차고 나가다

인천 감리서의 간수들 중에서 우두머리격인 최덕만이 강화에 사는 옛 상관 김경득을 만나서 김창수의 의로운 행동과 고종황제의 특명으로 사형이 정지되었다는 얘기를 전하였다. 김경득 또한 호방한 사람인지라 "그런 의로운 일을 한 대장부의 석방을 위하여 나서서 주선을 하겠다"고 했다.

김경득은 "정부 대관들은 눈에는 모두가 돈밖에 보이지가 않을 테이니…" 하며 자신의 가산을 전부 팔아 서울로 올라가서 당시 법무대신인 한규설을 찾아갔다.

"대감이 나서서 김창수의 충의를 표창하고 조속히 방면이 되도록 해야 옳지 않겠습니까? 폐하께 비밀히 주청하여 장래에 충의지사가 생기도록 하는 것도 대감의 일이 아니겠소?”

한규설은 “백 번 들어도 마땅한 얘기이나 일본 공사가 사건을 알고 있어서 무죄방면은 어려울 것이요” 하면서 차일피일 시일만 끌고 가게 된다.

김경득은 여기저기에 소장과 청원을 넣었다. 7~8개월을 이렇게 보내는 동안 김경득이 지니고 있던 돈이 바닥이 났다. 돈이 떨어진 김경득은 인천으로 돌아와 김창수에게 편지 한 통을 남기고 멀리 북간도로 이사를 가버린다. 편지에는 시 한 수가 적혀 있었다.

조롱을 박차고 나가야 진실로 좋은 새이며

그물을 떨치고 나가야 예사스런 물고기가 아니다.

충은 반드시 효에서 비롯되니

그대여! 자식 기다리는 어머니를 생각하소서.

탈옥을 암시하는 글인지라 창수의 마음은 심하게 요동을 친다.

‘내가 옥에서 죽는 것이 옳은가? 김경득 같은 자들도 의인을 위하여 자신의 재산을 탕진해가면서 내 목숨을 살리려고 애를 쓰는 것을 보면서도 제자리보전하려고 왜놈들에게 아부나 떠는 정부의 대신이나 관리들이 나를 석방하기 위해 무슨 일을 하겠는가? 충의나 애국을 말한들 그들이 들어주기나 하겠나? 대군주(고종)는 나를 죽일 놈이 아니라고 인정해 형 집행을 면해 주신 것은 내가 죄인이 아니라는 것인데, 여기서 왜놈들의 그물에 걸려서 죽어야 하나? 나를 죽이려고 애쓰는 놈들은 왜 놈들뿐인데, 과연 그놈들을 즐겁게 해주기 위하여 옥에서 죽는 다는 것은 아무 의미가 없지 않은가?'

김창수는 몇 날을 심사숙고하다가 탈옥을 결심한다. 1898년 3월 9일 아버지에게 부탁하여 한 자 정도의 삼지창을 의복 속에 넣어서 받아 품에 지녔다. 그날 오후, 간수를 불러 150냥을 주면서 "죄수들에게 한 턱을 낼 것이니 술과 고기를 사오라"고 했지만, 종종 있었던 일인지라 누구도 의심하지 않았다.

아편쟁이 당번 간수에게는 아편을 사서 피우라고 별도로 돈을 쥐어 주었고 저녁이 되어 술 마시는 죄수들의 방을 이 방, 저 방으로 다니다가 틈을 타서 마룻바닥을 들추고 속으로 들어 갔다. 마루 밑 벽돌을 창으로 파내어 감옥 밖으로 나왔다. 혼자 나가려니 옥중생활을.하면서 나갈 때 함께 나가자고 하던 이들 이 눈에 밟혔다. 그들은 어려운 처지에서 죄 아닌 죄로 들어온 이들이었다.

김창수는 다시 안으로 들어가 그들 네 명에게 하나씩 눈짓으로 데리고 나와 담으로 넘겨주고 마지막 담장을 넘으려 했다. 그때였다. 여기저기서 호각소리가 나면서 뒤쫓는 이들이 눈에 들어왔다. 김창수는 옆에 있던 장대를 의지하여 담장을 뛰어 넘었다.

국가의 백년대계 교육에 매진

탈옥 후 삼남지방을 돌았다. 어느 지인(이서방)과 함께 시절의 인연으로 불가에 귀의하여 마곡사에서 스님(법명 원종)이 되기도 하였으나, 환속하여 개화 인사들과 접촉하며 애국계몽운동과 교육 사업에 힘을 기울였다.

1903년에 황해도 장연에 봉양학교를 설립하여 교육에 전념하고 있을 때 을사보호조약이 일제에 의해서 강제로 체결되었다. 그는 이동녕, 이준, 전덕기 등과 을사조약 철회를 주장하는 상소를 결의한 뒤 대한문 앞에서 읍소를 하고 종로 길에 나서서 가두연설도 하였다.

그러나 가두연설과 같은 방법은 효과가 없을 뿐만 아니라 국민들 또한 지식이 없고 애국심이 빈약하여 나라를 건질 수가 없다고 판단하여 교육 사업과 계몽활동에 전념하기로 하며 해주로 돌아온다.

교사로서 교육자로서 1909년에는 해서교육회를 조직하여 학무총감이 되어 교육의 필요성과 애국심을 고취시키는 강연을 다닌다.

이때에 안중근이 이토 히로부미를 저격하는 사건이 발생하자, 사건의 관련자로 일본 헌병대에 체포되어 해주 감옥에 투옥되었다가 불기소로 풀려났다.

안창호가 주도하는 비밀애국 계몽단체인 신민회 회원 자격으로 1910년 양기탁이 소집한 회의에 황해도 대표로 참석했으며, 만주에 광복군을 양성하기 위한 무관학교를 설립하고 무력투쟁을 벌려나가기로 결의한다. 1911년 안악의 부호들을 협박하여 독립운동자금을 만들어 서간도에 무관학교를 세우려 했다는 사건의 혐의를 받아 5월 많은 사람들과 함께 체포되어 혹독한 고문을 받았다.

이때 김구로 이름을 바꾼 김창수는 17년 전 치하포 사건을 인천에서 다루었던 일본 경찰 와타나베에게 취조를 받았다. 그러나 와타나베는 김구(김창수)를 몰라 봤다. 김구는 15년의 형을 받고 서대문 감옥에서 복역을 했다.

김구는 복역 중에 형량이 감형되어 1914년 7월 가을에 가석방된다.

집에서 머물며 가석방이 해제되자, 양산학교장 김홍량의 동산평농장에 농감이 되어 그곳에 동산학교를 설립하고, 소작인들을 교육시키며 농촌계몽운동을 하였다. 1919년 3·1 독립만세운동이 일어나면서 전국 각지에서의 만세물결이 휩쓸 때 왜놈 경찰들의 순찰과 검문이 심해졌다. 김구는 국내에서의 활동에 한계를 느끼며 뜻을 함께하는 동지들과 상해로 망명을 한다.

상해 임시정부의 수립

상해에 모여든 우국지사들과 젊은 애국청년들을 중심으로

정부조직이 독립운동 진전에 절대 필요하다는 소리가 안팎으로 점차 높아졌다. 각 곳에서 상해로 모여든 인사들이 각각 대표를 선출하고 임시의정원을 조직하여 임시정부를 만들었는데, 이것이 대한민국 임시정부이다.

이승만을 총리로 하여 내무, 외무, 군무, 재무, 법무, 교통 등의 부서가 조직되었으며, 1919년 4월 11일 헌법을 반포하고 실제적인 업무를 시작하였다.

김구는 안창호의 추천으로 임시정부의 초대 경무국장이 되었고, 1923년에는 내무총장에 취임했다.

1924년에는 국무총리 대리를 거쳐 1926년 12월에는 국무령이 된다. 1927년에는 약체화된 당시의 임시정부의 처지와 구성원상 국무령제로는 내각의 구성이 경제적으로 난항을 겪자, 국무위원제로 개정하여 국무위원 겸 주석이 된다. 임시정부의 활동을 하면서 김구는 철저히 사회주의를 배척, 반대하였으며, 사회주의 계열을 제외한 민족주의 계열의 단결을 도모하기 위하여 이동녕, 이시영, 조소앙 등과 함께 1928년에 한국 독립당을 창당한다.

1932년에는 상해와 만주 전역에 흩어져 있는 애국청년들을 모아 한인 애국단을 조직하여 왜놈들의 요인을 제거하거나 파괴 공작을 하기 위한 무력조직을 지휘한다.

이봉창의 의거를 위해 자금 지원

상해 임시정부 사무실에 중년의 동포가 김구를 찾아왔다. 자신은 일본에서 노동을 하다가 독립운동을 하려고 상해에 왔으며, 서울 용산 출생으로 이름은 이봉창이라 하였다.

당시 상해에는 독립을 위한 임시정부는 있으나 독립운동자들을 입히고 먹일 역량이 없었다. 김구는 "독립운동을 한다고 하여도 자신이 숙식을 해결해야 하는데 돈은 얼마나 가지고 있느냐?"고 물었더니, 이봉창은 "넉넉하지 않다"고 하였다.

그러나 이봉창은 "저는 일본의 철공장에서 일을 배우고 일을 해봐서 이곳에서도 일자리는 쉽게 구할 수가 있을 겁니다. 숙식문제는 걱정을 안 해도 됩니다"라고 했다.

김구는 상대의 뜻은 좋으나 일어를 너무도 잘하고 동작까지도 일본인과 흡사한 이봉창을 특별히 조사를 해봐야겠다는 마음을 먹으며 근처의 여관을 잡아 주었다. 며칠 동안 민단의 직원들과 같이 생활을 하며 유심히 관찰을 하다가 어느 날인가, 이봉창이 묵고 있는 여관을 방문하여 서로 흉금을 터놓고 피차의 속내를 털어놓는 시간을 갖게 되었다.

"제 나이가 31세입니다. 앞으로 31년을 더 산다 하여도 지난 반생에서 맛본 방랑생활에 비한다면 늙은 생활이 얼마나 재미가 있겠습니까? 인생의 목적이 쾌락이라면 31년 동안 인생의 쾌락은 대강 맛보았습니다. 그런 까닭에 이제는 영원한 쾌락을 얻기 위하여 우리 조국의 독립 사업에 헌신하고자 상해에 왔습니다.”

이봉창의 인생관을 듣고 김구는 감동하였으며, 과연 의기남아로 살신성인할 마음으로 상해에 왔음을 알게 된다. 이봉창은 공경하는 마음으로 국가의 독립에 헌신할 수 있는 지도를 요청하였으며, 김구는 그의 뜻을 쾌히 승낙하기에 이른다.

“1년 이내에 군이 행동을 하도록 준비를 하겠소. 앞으로는 일본인 행세를 하시고 매월 한 번씩 밤중에만 찾아오시오.”

그 후 이봉창은 일본인이 운영하는 철공소에 취직을 하여 가끔 민단의 사무실에 들러서 직원들과 술을 마시기도 하였다. 그는 술을 마시고 취하면 일본 노래를 유창하게 부르며 호방하게 놀았는데, 직원들은 그에게 ‘일본영감’ 이라는 별명을 붙여 주었다. 1931년 12월 중순경 김구는 비밀리에 이봉창을 불러서 여관에서 함께 자면서 준비한 두 개의 폭탄을 보여주며 하나는 천황을 폭살하는 것이고, 하나는 자살용으로 사용을 하라고 일러주고 폭탄의 사용법을 일러 주었다.

자살에 실패하여 체포될 것을 대비하여 심문에 응할 문구까지 가르쳐 주고, 준비했던 돈을 주며 일본으로 떠날 준비를 하라고 했다. 이틀이 지나서 준비를 마친 이봉창이 찾아오자, 안공근의 집으로 데리고 가서 태극기 앞에서 이번 거사의 선서식을 하고 폭탄 두 개와 노잣돈 300원을 주었다.

“충분하지 않겠지만 사용하시오. 동경에 도착하여 전보를 하면 다시 송금을 하겠소.”

둘은 사진관에 가서 기념사진을 찍었다. 김구의 처연한 모습을 보고는 이봉창이 오히려 위로를 하며 "저는 영원한 쾌락을 얻고자 이 길을 떠나는데 선생님도 함께 기쁘게 사진을 찍으십시다"라고 했다.

김구도 억지로 미소를 지으며 사진을 찍었다. 그리고 그는 떠났다.

10여 일 후에 동경에서 온 전보를 받았는데, 1월 8일 물품을 방매하겠다는 내용이었다. 200원을 더 부쳐주었더니 그 후 편지가 왔다.

1월 8일 모 신문의 지면에 '한인 이봉창이 일본 천황을 저격하였으나 명중하지 못하였다'라는 제목의 기사가 보도되어 있었다.

비록 천황을 제거하지는 못하였으나 일본인들이 신성불가침으로 여기던 천황을 우리의 제물에 올려놓은 것이었다.

대한제국은 일본의 어떤 억압에도 굴하지 않고 동화되지 않는다는 것을 세계만방에 확실히 보여준 계기였으니 이봉창의 거사는 성공이나 마찬가지였다. 이봉창의 의거가 세계에 알려지면서 그동안 임시정부에 회의적으로 반대를 해오던 동포들도 태도를 바꾸어 임시정부를 격려하며 금전적 지원이 답지했고, 중국전쟁과 동반하여 우리 민족을 빛낼 사업을 하라는 부탁이 줄을 이었다.

상해 폭탄 투척, 윤봉길의 의거

한인애국단에 가입하고 홍구시장에서 채소장사를 하던 윤봉길이 백범을 찾아왔다.

"제가 채소바구니를 메고 장사를 하고 있는 것은 큰 뜻을 품고 상해에 온 목적을 실현하기 위해서입니다. 선생님께서는 동경사건과 같은 경륜을 가지고 계시니 저를 믿으시고 지도하여 주시면 죽어서도 은혜를 잊지 않을 것입니다."

"뜻을 품으면 마침내 일을 이룬다고 하였으니 안심하시오. 왜놈들이 대중국 전쟁에서 이겼다고 4월 29일 홍구공원에서 경축식을 성대히 거행하며 군사적 위세를 과시할 모양인데, 군은 일생의 대 목적을 이날에 달성해 봄이 어떠한가?"

윤봉길이 몸을 바쳐 큰 뜻을 이룰 대장부임을 알아본 백범이 물었다.

윤봉길은 쾌히 승낙을 하며 "선생님의 말씀을 들으니 가슴에 쌓인 모든 번민이 없어지고 마음이 편해집니다. 준비를 해 주십시오" 하고 숙소로 돌아갔다.

일본 상해 영사관에서 "4월 29일 홍구공원에서 천장절 축하식을 거행한다. 그날 식장에 참석하는 자는 물병 하나와 점심 도시락과 일장기를 가지고 입장하라"는 포고가 있었다.

백범은 즉시 상해 병기공장장에게 일본인들이 사용하는 물병과 도시락에 폭탄을 장치하여 3일 이내로 만들어 보내달라는 부탁을 했다.

다음날 병기공장장으로부터 연락이 왔다.

"백범 선생님께서 직접 오셔서 친히 시험하는 것을 눈으로 보시고 확인을 하시라"는 내용이었다.

이봉창 의사가 사용한 폭탄의 성능이 미약하여 천황을 폭살하지 못했던 터라 병기공장에서는 이번에는 성능을 직접 보여주겠다는 것이었다.

병기공장에는 공장장이 기다리고 있었으며 폭파에 대하여 설명하고 실험을 하였다. 폭탄을 토굴에 묻고 사방을 두꺼운 철판으로 두른 후 뇌관 줄을 밖으로 수십 步(보) 끌어내서 끈을 매달았다. 다들 멀리 피한 후 끈을 당기자 벽력같은 소리와 함께 파편이 나는 것이 장관이었다. 폭파실험이 매우 성공적이라는 말을 듣고 마음속으로 기뻐했다.

백범은 병기공장에서 만들어다 준 폭탄을 안전한 곳에 보관을 하고 거사 일을 기다렸다.

윤봉길은 말쑥하게 일본식 양복을 입고 날마다 홍구공원에 나가서 식장 설치하는 것을 살펴보며 거사할 위치를 점검하였다. 일장기도 준비했다. 백범은 4월 29일 아침 일찍 김해산의 집에 가서 윤봉길과 함께 마지막으로 아침밥을 먹었다. 때마침 시계에서 7시를 치는 종소리가 들렸다. 윤봉길은 자기의 시계를 꺼내 김구 시계와 교환하자고 했다.

"어제 선서식 후에 6원을 주고 구입한 것인데 선생님의 시계는 불과 2원 짜리입니다. 저는 이제 2~3시간이면 소용이 없을 물건이니 선생님의 것과 교환하고 싶습니다."

시계를 바꾸고 난 후 윤봉길은 자동차에 오르며 자동차 요금 말고는 필요치가 않다고 하며 가지고 있던 돈을 백범의 손에 쥐어주고 마지막 길을 떠났다.

오후 1시쯤 되자 길거리의 사람들이 술렁였다. 홍구공원에서 누가 폭탄을 던져서 일본인들이 다수가 죽고 다쳤다는 소문이 돌았고, 오후 2~3시경에는 신문 호외가 터져 나왔다.

"홍구공원 일본인의 경축대 위에서 대량의 폭탄이 폭발하여 민단장 가와바다는 즉사하고 시라카와 대장(이후 사망), 시게미츠 대사, 우에다 중장, 노무라 중장 등 문무대관이 중상을 입었다…."

다음날은 윤봉길의 이름자가 크게 활자화되어 게재되었다. 상해 시내가 발칵 뒤집혔다. 백범은 임시정부의 집무실이 있던 프랑스 조계를 떠나서 친분이 있는 미국인 피치 씨의 집으로 급히 피신했다. 피치 씨 부인의 번역을 통해 동경사건과 홍구공원의 사건 주모계획자가 김구이고, 집행자는 이봉창과 윤봉길임을 〈로이터통신〉은 보도했고, 이 거사는 세계에 알려졌다.

상해에서 중대사건이 발생하자 많은 애국지사들이 옮겨와서 중국 인사들과 접촉이 활발해지면서 임정은 여러 방면에서 중국 측의 편의를 제공받게 되었다.

그러나 4·29 윤봉길 의사의 의거발생 후 일본은 백범에게 1차 20만 원을 걸더니, 2차로는 60만 원의 현상금을 걸어 놓고 목을 조여 왔다.

임시정부를 이끌고 상해 탈출

윤 의사가 희생되며 홍구공원의 거사가 성공을 거두자 중국인들이 한국인들을 보는 눈이 달라지고 대접이 달라졌다. 김구를 잡기 위한 일본 정보원들은 한국인이 눈에만 보이면 잡아가고 구타하는 일이 빈번히 발생했다.

급하게 미국인 피치 씨의 집으로 피신하여 20여 일간 비밀활동을 하던 어느 날, 피치 부인이 급하게 2층으로 올라왔다. 자신의 집이 정탐꾼들에게 노출이 된 것 같으니 속히 피해야 한다고 하면서 그 길로 자신의 차를 이용하여 기차역에 데려다주었다. 백범은 기차를 타고 가흥으로 안공근과 함께 피신하였다. 그러나 가흥에까지 일본 경찰이 들어오게 되면서 해염현 내 주 씨네 산당(피서 별장)으로 몸을 숨겼다. 이후 임시정부와 김구는 남경으로 자리를 옮긴다.

1933년 남경에서 중국 국민당 조직부장이며 강소성의 주석인 진과부의 소개로 장개석과의 면담이 이루어졌다. 장개석과는 필담으로 얘기를 나누었다.

"일본의 마수가 시시각각으로 중국대륙을 침입하니 선생께서 백만 원의 돈을 허락하시면 2년 내에 일본, 조선, 만주 세 방면에서 대륙침략을 위한 일본의 교량을 파괴할 터인데, 선생의 생각은 어떠하오?"

백범이 장개석의 뜻을 물었다. 장개석은 서면으로 계획을 작성하여 보고해 달라고 했고, 백범은 그러겠노라 대답하고 장개석과 헤어졌다.

다음날 간략한 계획서를 작성하여 보냈더니 진과부 씨가 자신의 별장으로 초청해 연회를 베풀면서 장개석을 대신하여 말했다.

"특무공작으로 천황을 죽이면 천황이 또 있고, 대장을 죽이면 대장이 또 있으니 장래 독립을 하려면 군인을 양성해야 하지 않겠소?"

"감히 부탁할 수는 없으나 그것이 진실로 바라는 바요. 문제는 장소와 재력이요."

그런 김구에게 중국 정부가 협조하여 장소를 낙양분교로 하고, 1기에 군관 100명씩을 양성하기로 결의하였다. 동북 3성에 사람을 파견하여 옛 독립군들을 소집하였더니 많은 청년들이 각지에서 집결해 주었다.

1차로 100명을 학교에 입학시키고 이청천과 이범석은 교관과 영관으로 근무케 하였다.

그러나 중국이 일본과의 전쟁을 치르며 전세가 점차 확산되고, 곳곳에서 일본에게 밀리고, 전쟁이 패하게 되자 더는 도움을 줄 수가 없는 상황이 되었다. 중국 측이 더 이상 학생들을 수용하지 말라는 통보를 전했고, 낙양군관학교 한인 학생은 1기 졸업생을 배출하고 더는 이어가지 못했다.

상해전쟁이 점점 중국 측이 불리해지면서 일본군 비행기가 남경을 폭격하는 일이 잦아지면서 남경에서의 생활도 점점 어려워져 갔다.

중국 정부도 남경이 시시각각으로 불리해지자 중경을 전시 수도로 정하고 각 기관을 분분히 옮기기 시작하였다. 우리의 임시정부는 100여 명이 넘는 가솔들의 생활을 고려해 물가가 비싸지 않은 호남성의 장사로 우선 이주하기로 결정하고, 각지의 식구들에게 여비를 보내며 소집령을 내렸다.

호남성 장사에서 다시 중경으로

장사에 짐을 푼 임정은 그곳에서도 전쟁이 확대되어 적기의 공습이 심해지면서 중국의 기관들이 떠나는 것을 보며 임정의 간부들이 회의를 한 결과, 광동으로 가서 남녕이나 운남 방면으로 진출하여 해외와 연락망을 취하자는 결론에 도달했다.

그러나 광동에서의 생활(2개월)도 오래할 수가 없었다. 일본군의 포화가 빗발치고 수시로 적기의 공습이 심해졌다. 중경에 있는 장개석에게 전보를 보냈더니 중경으로 오라는 회신이 왔다. 중국의 중앙정부도 차량 부족으로 어려움을 겪고 있으면서도 차량 6대와 여비까지 보내주며 중경행의 편의를 제공해 주었다.

광주를 출발하여 10일 만에 귀양에 도착하였고, 그곳에서 다시 8일을 달려서 중국의 전시 수도인 중경에 무사히 도착했다.

임시정부는 중경에서 비교적 가까운 기강에 사무실과 숙소를 마련하여 여장을 풀었다. 광주는 임시정부가 중경으로 오는 도중에 일본군의 수중에 들어가 점령을 당한다.

우리 힘으로 조국을 찾자 – 광복군 창설

임정의 대가족이 기강에 자리를 잡고 생활을 하면서 김구는 각 당의 간부들을 접촉하면서 통일문제에 대해 토의를 하였다. 그러나 각 당들은 자신들의 주장을 너무도 강조하고 내세웠기에 마찰이 매우 심하였다.

김구는 사회주의자들의 민족운동에 반대하였으나, 지금은 민족운동에 참여하고 있으니 사회주의 운동은 조국이 독립이 된 후에 본국에서 하고 지금 해외에서는 순전히 민족적으로 국권의 회복운동에만 전력하자고 제의를 하였다. 김구의 제의를 각 당의 간부들도 받아들여서 7당 통일회의를 개최한다.

가까스로 7당의 합의가 이루어졌으나, 민족혁명당의 김약산이 갑자기 반대하는 바람에 7당 합의는 무산된다. 김구는 민족진영의 3당 통일회의를 열어 한국독립당을 창당한다.

임시정부의 의정원에서는 임시정부의 국무위원을 새로 정하고 종래에 ‘윤회주석제’ 를 폐지하고 주석이 대내외에 책임을 지는 권한(최고의 결정권)을 부여하였다. 김구가 주석에 선출되며 미국의 워싱턴에 외교위원회를 설치하여 위원장에 이승만을 임명, 취임하게 한다.

1940년 가을 임시정부는 한국광복군을 조직했다. 이청천을 광복군 총사령관에 임명하고, 간부를 선발하여 한국광복군 사령부를 설치, 운영한다. 한국광복군은 1941년 12월 9일 5개 항의 대일선전포고문을 발표하며 일본에 대한 무력 임전태세에 돌입한다.

1942년 7월에는 광복군과 중국 정부는 정식협정을 체결하여 연합군과 항일 공동작전에 나설 수 있는 기초를 마련했다.

1944년 4월에 김구는 임시정부 주석에 재선되었으며, 부주석에 김규식, 국무위원에 이시영·박찬익을 선출하고 광복군을 여러 곳에 파견해 정찰과 훈련을 강화하며 결전을 위한 준비에 박차를 가한다.

일본군에 강제로 끌려나온 학도병을 광복군에 편입시켰으며, 미 육군 전략처(OSS)와 제휴하여 국내 침투를 위한 특수부대인 광복군 특공대를 편성하여 국내 침투작전을 세우고 계획을 추진하였다.

그러나 일본이 미국의 원자폭탄을 얻어맞고 도시가 잿더미로 변하자, 전격적으로 항복을 선언함으로써 전쟁은 끝이 나고 해방을 맞이한다.

일제의 항복 소식을 접한 김구는 하늘이 무너지고 땅이 꺼지는 심정으로 하늘을 우러러 탄식을 했다. "하늘이 조금만 참아주시지"라고 외치면서….

백범 김구 선생의 소원은?

"네 소원이 무엇이냐고 하느님이 물으시면 나는 서슴지 않고, ‘내 소원은 대한의 독립이요’ 라고 대답할 것이다. 그 다음 소원은 무엇이냐고 하면 나는 또 ‘우리나라의 독립이요’ 라고 할 것이요, 또 그 다음 소원이 무엇이냐 하는 세 번째 물음에도 나는 더욱 소리 높여서 ‘나의 소원은 우리나라 대한의 완전한 자주독립이요’ 라고 대답할 것이다.”

완전한 자주독립이 소원인 김구는 살아서도, 죽어서도 천년의 영웅이라 하겠다.

제3장

박정희

박정희 (1917~1979)

– 민족중흥의
역사를 쓰다

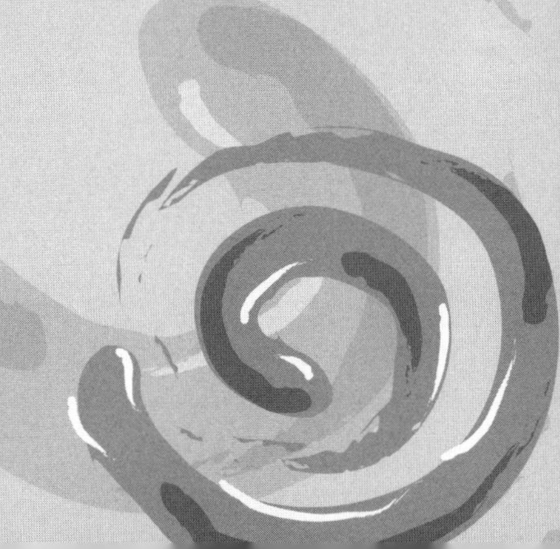

영웅이가 기억하는 5·16

방송인 신동엽의 거침없는 대답 속에 나온 두 번째 인물이 박정희 대통령이다. 많은 이들은 이름 뒤에 붙는 명칭을 대통령으로 기억하며 그의 행적을 얘기하는데, 박정희는 대통령보다는 장군으로 칭해야 더 어울릴 것 같은 일들을 많이 남겼다.

"박정희는 5·16 혁명을 성공하면서 우리나라 역사의 전면에 등장을 하는데, 너희 영웅이와 통수들이 알고 있는 대로 얘기를 해보도록 하여라. 먼저 앞통수가 얘기를 해봐라."

"예, 민족이 외세의 힘으로 독립을 하였기에 국토의 허리가 잘려 동강나서 남북으로 분단이 되었어도 자유당정권은 정권 유지에만 급급하여 부정부패가 극에 달했습니다. 결국 국민에게 심판을 받고서 물러났으나, 자리를 이어받은 민주당과 장면 내각도 허울만 두른 민주주의를 내세웠을 뿐 당권경쟁을 일삼았기에 국민들의 뜻을 알아차려서 제대로 정치를 했다고 볼 수가 없었습니다.”

“저도 5·16의 기억이 있습니다.”
영웅이가 끼어들었다.
“그래, 그럼 해 보거라.”
“정치인들이나 정당이 제대로 국민을 위한 정치를 하였다면 박정희에게 군인이 정치에 나서는 군사혁명의 빌미 또한 주지 않았을 것이고, 5·16은 없었을 것입니다. 초등학교시절 어느 날인가, 학교를 파하고 또래의 친구들과 놀고 있었습니다. 한 아이가 저 건너 산 아래에 군부대가 새로 들어왔다는데 거기 한 번 놀러 가자고 하기에 놀던 아이들이 녀석을 따라 길을 나섰습니다. 그때나 지금이나 아이들, 논다는 것이 별것인가요? 그냥 떼 지어 몰려다니며 시간을 보내는 것이었습니다. 군인들이 주둔을 하는 곳이면 담장을 치거나 철조망을 둘러쳤는데, 우리들이 찾아간 곳은 많은 차들과 군인들이 있었으나 외부인을 차단하는 철조망은 없었습니다. 부대의 이곳저곳을 기웃대며 신기해하고 있던 차에 어느 군인이 작은 쪽지를 꺼내서 내게 주며 한 번 읽어달라는 부탁을 했습니다. 군인들이 그 내용을 외어야 한다고 했습니다. 1. 반공을 국시로 지금까지 형식적인 구호에만 그친 반공태세를 재정비 강화한다. 2. 유엔헌장을 준수하고…. 무슨 글인지도 모르는 글을 읽어주었습니다.

저는 한 번이라던 글을 여러 차례, 그것도 천천히 읽어주었으며, 궁금해서 이런 걸 왜 외워야 하냐고 물었더니 나라님이 바뀌어서 그렇다고 하는데 무슨 얘긴지 알 수가 없었습니다. 그날 군인아저씨에게 건빵도 얻어먹고 주머니도 두둑하게 채우고 돌아 왔었습니다.”

혁명에 성공한 박정희를 맞이한 것은 헐벗고 굶주림에 찌든 지독한 가난이었다.

국고는 텅 비어있었고, 1961년 국가 예산 가운데 미국이 주는 잉여농산물로 충당되는 대충자금이 52%나 되었다. 외국 원조와 간섭의 영향력이 절반이나 되었으니 국가의 주권을 말할 형편은 더더욱 아니었다.

박정희 소장은 암담한 국가 실상에 몸을 떨었다

춘궁기에는 2백만 명 이상이 굶주렸다. ‘기아 퇴치’, 또는 ‘절량농가 근절’ 이라는 국정지표를 써 붙인 현수막이 관공서 건물마다 내걸었다.

박정희 소장은 기자회견에서 “나는 국민을 굶기지는 않겠다”고 말하며 울먹였다.

유교의 종조이신 공자도 “예를 알고 행함이 도에 이르는 근본이나 곡간이 차야 예도 차릴 수가 있다”고 했듯이, 혁명에 성공한 박정희는 “헐벗고 굶주리는 명분만의 민주주의보다 국민 모두가 잘 먹고 잘 살아야 민주주의도 잘할 수가 있다”며 경제우선 정책을 택하여 실행을 한다.

때에 누구라도 배우고 들어서 알고들 있을 국민교육헌장에 박정희의 사상이나 행적이 들어 있다.

국민교육헌장을 이해하지 못한다면 박정희를 얘기조차도 할 자격이 없을 것이라는 생각을 해본다.

'사공이 많으면 배가 산으로 간다' 는 말이 있다.

배는 사공이 노를 저어 물위를 미끄러져 나아가는데 사공이 많아 서로가 힘을 보태면 배가 더 잘나가야 하련만, 산으로 간다는 말은 우리 민족의 특수한 성격을 들여다 볼 수 있는 말이기도 하다. 중요한 일을 한 사람에게 맡겨야 한다는 뜻이다. 그러나 순순히 응하기보다는 자신을 드러내며 남에게 앞서려는 개성이나 굴하지 않는 저항정신을 잘 반영한 속담이라고 하겠다. 박정희는 정체된 민족정신에 활력을 불어넣는데 우리 민족의 특수한 성격에 맞는 국민적 운동을 전개한다.

박정희는 민족저항 정신을 알고 있었기에 스스로 낮은 자세로 모범을 보이며 지금 우리가 다함께 잘사는 세상을 만들어야 한다고 때마다 강조했다.

"어렵고 힘든 역경을 딛고 민족중흥의 역사를 창조하자. 시대적 정신으로 열심히 일을 하자. 힘든 시대를 슬기롭게 대처하며 살았다고 당당히 얘기할 수 있도록 하자."

박정희는 이 땅의 후손들에게 더는 가난을 물려주어서는 안 된다는 굳은 신념을 국민들에게 알리며 몸소 솔선수범하였다.

이 땅의 누구라도 잘살아 보자며 일어났던 새마을운동이 성공을 이루게 되는 근본 밑바탕에는 우리 민족의 저항하는 국민 정신을 일깨워 잘살아 보자는 도전 정신으로의 전환이 있었기에 가능하였다.

시대에 맞는 지도자의 신념을 모든 국민들이 믿고 스스로 일어나서 따르게 하였고, 스스로 잘 사는 세상을 만들고자 했던 것이 새마을 정신이자 시대적 소명이었다.

강남이 개발되면서 어느 ○ 장관이 아파트를 공짜로 얻었다는 소식을 접한 대통령은 ○ 장관을 조용히 불러서 돌려주라고 하였으며, 힘든 건설현장(고속도로)에서 일을 하는 공사 감독관을 찾아가면 부정과 결탁하지 말라는 의미와 격려 차원에서 별도의 금일봉을 주었다. 스스로도 私慾(사욕)은 물론이며 친인척이 권력자의 후광으로 비리를 저지를 것에 대해서도 항상 마음을 썼던 것을 알 수가 있다.

박정희 대통령이 혼신의 힘을 기울여 이룩한 경제성장은 누구라도 할 수 있는 일이었을까? 유신독재, 장기군사독재로서 민주주의를 후퇴시켰다는 얘기도 더러 듣고 있다. 그러나 유신정권의 시기에 국가의 성장이 10%대 이상을 오르내리는 고도성장을 이룬 것은 어떻게 얘기해야 할까?

박정희는 분단국이며 자원이 없는 나라였기에 잘사는 시기까지 민주주의를 유보하고, 그 힘을 경제발전에 쏟아 부었다고 할 수 있다.

분단국이기에 항상 북한과 대립하고 있는 어려움을 극복하고 잘살아 보자며 경제를 집중적으로 발전시킨 탁월한 박정희의 지도력을 결코 잊어서는 안 될 것이다. 민주주의라고 하여 정해진 틀이 있는 것이 아니며, 각각의 나라들은 그들 나라의 실정에 맞게 발전하며 진화를 거듭하고 있다.

대통령인 남편을 대신하여 육영수 여사도 남북분단의 제물이 되어 북한의 사주를 받은 자의 저격에 의하여 세상을 떠났고, 박정희도 측근의 흉탄에 유명을 달리하였다. 그러니 그의 지시에 의해서 추진되던 올림픽이라도 치르고 갔더라면 이 땅의 경제가 더 많은 발전을 가져왔을 것이라는 생각을 하니 아쉬운 마음이 앞선다.

그가 떠난 지 한 세대를 뛰어넘는 세월이 흘러 이젠 빛바랜 사진 속에서나 보게 되었다. 그가 이 강산을 사랑하여 봄이 오면 때마다 벌거숭이 산에 심었던 나무들이 아름드리로 자라 넓은 땅에 그늘을 만들어 주듯이, 이 땅은 풍요로움이 넘쳐나고 있다. 그는 민족을 위하여 일을 했으며, 민족을 위한 민주 발전에도 역행하지 않았음은 그의 뒤를 이은 지도자들의 행보를 보면서 더욱 느끼게 된다. 하늘이 우리 민족에게 주었던 한 세대(30년)의 시간이 민족중흥의 역사와 복지국가로 도약하는 기회를 주었는데, 아쉬운 일이 아닐 수 없다. 박정희 대통령이 서거하면서 18년에 그친 경제정책이 지금에 와서 돌이켜볼수록 아쉬움으로 남는다.

뒤를 이은 전두환, 노태우 대통령까지가 우리에게 주어진 경제성장의 시기였다. 우리나라의 경제성장은 박 대통령이 서거하면서 미완성으로 그쳤다고 봐야 할 것이다.

장기집권, 군사독재가 누구를 위한 시간이었나? 박정희가 자신만의 권력을 위하여 국민들을 도탄에 몰아넣는 폭정을 행한 것이 아니었음은 분명하다. 때의 일은 때만이 알 수가 있을 것이기에 아무리 아쉬움이 남는다 해도 어쩔 수가 없으니 이제 와서 시시비비를 논한들 무슨 도움이 되겠나.

힘이 없었기에 나라의 허리가 잘리며 분단이 된 것을 누구라도 알고 있을 것이다. 우리가 누리는 풍요로움이 선대에 무에서 유를 창조하는 정신으로 산업현장에서 열심히 일을 했던 산업 역군들과 묵묵히 지도자를 따르던 시대의 공무원들 그리고 때맞춰 훌륭한 지도력을 발휘한 지도자에 의해서 형성된 것임을 알아야 하지 않을까?

조상대대로 하늘에서 내려준 형벌과도 같은 가난을 몰아내고 경제대국을 이루는 발판을 마련하였으며, 민족중흥의 역사적 사명감을 안고 사심 없이 몸 바쳐 일하여 국민들이 잘살도록 하였기에 영웅이라 하여도 부끄러움이 없을 것이다.

박정희에 대한 시대적인 평가를 보면 어느 일면 야속한 평가를 내리는 이들도 있다. 그러나 그런 것이 무슨 상관이 있을까? 박정희는 분명 때를 알고 만들면서 자신의 일을 하고 갔다. 이 시대의 눈과 잣대로 그렇게 평가를 하는 것이라면, 지금의 잣대 또한 변하고 변하는 세상의 이치를 안다면 무슨 시시비비가 도움이 되겠나.

때의 세상을 영웅들이 이끌어 가는 것임을 안다면 자원도 없는 분단국에서 가난을 몰아내고 이 땅에 이만큼의 번영을 이루어 놓은 박정희 같은 영웅이 있었다. 그렇다면 시대의 흐름 속에 새로운 영웅이 분명 일하러 나올 것이며, 민족은 언제든지 새로운 영웅의 출현을 맞이할 준비를 해야 할 것이다.

서독에서 흘린 지도자의 눈물

1964년 12월 박정희 대통령이 서독을 방문했다. 방문 이튿날 그곳에서 일하는 광부들을 만나는 식장에서 미리 작성해간 연설문을 읽어 내려갔다.

"우리의 후손만큼은 결코 이렇게 타국에 팔려나오지 않도록 하겠습니다. 반드시. 정말 반드시…."

여기까지 읽던 대통령은 결국 북받치는 감정을 억누르질 못하여 눈물을 훔친다.

이내 대통령 방문 축하행사장은 눈물바다가 되었다.

"조국은 이곳에서 일하는 광부 여러분들과 간호사로 오신 여러분들의 땀과 노고를 잊지 않을 것이며, 여러분의 검은 얼굴을 보니 내 눈에서는 피눈물이 흐른다"라는 말로 그날의 연설을 마쳤다.

약육강식과 적자생존의 냉엄한 역사가 말해주듯이 열강들의 틈에서 이제나 저제나 가난하고 힘없는 나라나 그의 백성이 설 곳은 어디이며, 비빌 곳인들 있었겠는가?

대통령이 서독을 방문한 것은 돈을 빌리러 간 것이었다. 그것도 내 나라 백성인 광부들과 간호사들을 담보로 돈을 빌리러 간 모양새가 되었으니 어찌 그들 앞에서 연설인들 제대로 했을까? 죄인의 심정이었을 것이다.

오랜 세월 조상으로부터 물려받은 가난을 면하려고 자주경제, 자립경제를 이루어 보려고 발버둥 치며 노력을 기울였지만, 나라의 경제가 너무도 빈약했다. 우리와 같은 처지의 분단국이면서 경제성장의 기적을 일구어낸 나라인 독일에 도움을 청하려고 나선 길이었다.

구한말의 어지럽고 국제정세에 어두운 틈새를 비집고 갖은 술수를 부리며 교묘하게 국권을 앗아간 일본인들이 조선 민중의 안위는 안중에도 없었다. 야욕을 채우기 위하여 벌인 전쟁에 쇳조각은 물론이요, 바다의 풀이나 나무의 송진조차도 공출을 해갔으니 이 강산에 무엇이 남아있으며, 남아있다고 한들 무엇이 온전하게 남았겠는가?

해방이 되면서 진주한 미국도 진정 이 나라를 위하려고 온 것은 아니다. 소련이나 중국을 견제하기 위하여, 전략적 가치가 있는 땅이라서 자신들의 안보를 위하여 임시 보호자를 자처하며 이 땅에 온 것이 아닌가? 그래도 미국은 이 땅의 가치를 멀리까지 내다보고 잉여 농산물을 원조해주며 우리의 주린 배를 채워주었다. 그러나 그것이 공짜였나?

1962년과 1963년에 연속적으로 이 땅에 극심한 가뭄이 들었다. 농사에 의지하여 살던 농민들조차도 쌀이나 곡물을 구경하기가 어려워지고 곡물 값은 폭등을 하였으니 대부분의 사람들은 그나마도 어려운 살림에 주린 배를 더 주려야 했다. 경제개발계획을 세워놓고 경제발전의 발판을 닦으려는 정부로서는 예상치 못했던 하늘의 재앙에 큰 고통과 타격이었을 것이다.

어려울 때에 훌륭한 지도자가 돋보인다. 때에 처한 힘들고 어려운 일을 슬기롭게 대처하여 여러 사람들을 위하여 헌신하는 지도자의 역할이 나라에 미치는 영향은 지대하다. 매사의 일들을 슬기롭게 대처하여 그로 인해서 국민들을 잘 살게 하였다면 그것이 훌륭한 일을 해낸 지도자가 아니겠는가. 이것이 바로 지도자로서의 박정희를 평가하는 이유이다.

"영웅아! 사람들이 눈물을 흘릴 때가 있는데 어느 때에 눈물을 흘릴까?"

"예. 그것은 기쁠 때나 슬플 때나 억울할 때나 아니면 그냥 울고 싶어서도 눈물을 흘리기도 하겠죠."

"그래, 그렇다면 서독 방문 때에 박정희의 흘린 눈물은 어떤 눈물이었을까?"

"글쎄요? 대통령도 이 땅에서 태어난 이 땅의 자식이며, 가난한 집안의 자손이면서 나아가서는 지지리도 못사는 아시아에서도 최빈국의 지도자이기에 서러움과 안타까움에 흘린 눈물이었을 것입니다. 어찌 보면 풍요를 누리며 잘사는 서독을 둘러보면서 우리도 잘 살아야겠다는 다짐의 눈물이 아니었나

싶기도 하네요."

"그래. 패전국이요, 분단국이면서도 라인강의 기적을 일궈내어 잘 살듯이 우리도 기필코 가난하고 어려운 처지를 딛고 일어나서 서독과 같은 기적(한강의 기적)을 일궈 내리라는 다짐의 피눈물이었을 것이다."

반만년도 훨씬 넘는 긴 역사 속에 어찌도 그리 어렵고 힘들게 굽이굽이를 넘어왔는지, 그러면서도 위기의 때마다 지도자나 영웅들이 나와서 위험에 처한 나라를 구하는 것은 이 땅의 묘함이 아닌가?

왜 우리의 조상들은 남들을 쳐서 영토를 늘려 보려는 생각은 하지도 않고, 때마다 얻어터지고 밟히고 밟히며 내몰리기만 했던 것인지 이 땅의 지난 역사를 들여다보면 妙(묘)함이 있음을 알게 한다.

孫武(손무)는 기원전 6세기의 춘추시대의 사람이며 젊어서 吳(오)나라의 군대에 들어가서 軍(군)의 생활도 하였으나 나이가 들면서 군대를 떠나 은거하여 병법서 집필에 몰두한다.

당시의 중원은 주나라의 세력이 약해지면서 여러 나라로 분열되어 서로가 영토 확장을 위한 전쟁에 휘말렸다. 크고 작은 전쟁이 끊이질 않았으니 병법을 연구하며 글을 쓰는 손무에게는 당시의 세상은 훌륭한 소재가 되었을 것이다. 그는 각고 끝에 병법서를 세상에 내놓았으며, 吳(오)왕에게도 선물로 자신이 쓴 병법서를 전한다.

병법서를 읽은 오왕은 손무를 극진히 대우하였고, 그를 위하여 연회도 자주 열어 주었다. 어느 날인가 연회를 열어 즐기다가 오왕은 그의 治軍(치군) 능력을 알아보려고 앞에서 춤추며 노래하는 궁녀들도 절도가 있는 군인처럼 만들 수가 있느냐고 물어보았다. 손무는 누구라도 軍令(군령)이 서면 가능하다고 답을 한다.

그 말을 들은 오왕은 흥미를 느끼며 그럼 궁녀들을 훈련시켜 보라고 명을 내린다.

명을 받은 손무는 180명의 궁녀들을 두 편으로 갈라 각 군의 대장으로 왕이 총애하는 미희를 임명한다.

손무는 지휘대에 서서 각 군에 북소리나 오색 깃발에 따라서 움직이는 행동 요령을 설명하고 훈련 상황이 아니고, 실제 전쟁의 상황으로서 군령을 어기면 참수한다는 군령을 내린다.

각 군의 배치를 끝낸 손무가 북을 치고 각 색깔의 깃발을 들고 령을 내렸으나 대장이나 궁녀들이 어쩐 일인지 군인처럼 움직여 주지 않았다. 왕 앞에서 술이나 따르고 춤이나 추던 무희들이 군령을 알고 군령을 내린다고 행동에 옮기겠는가. 여러 번 령을 내렸으나 군령이 서지 않았다. 손무는 군령을 어긴 대장 궁녀를 처형할 것을 명한다. 오왕은 자신의 애첩이니 살려 주라고 간청을 하였으나, 손무는 군령을 앞세우며 두 대장(애첩)을 처형한다.

그리고 앞줄에 서 있는 궁녀를 대장으로 세우고 다시 훈련에 돌입하였다. 손무가 다시 단에 올라서 앞서와 마찬가지로 실제 전쟁 상황이라고 말하고 군령을 내린다. 북을 치면서 청색 깃발을 흔들면 오른쪽(동향)으로, 백색 깃발을 올리면 왼쪽(서향)으로, 황색 깃발을 올리면 중앙으로 모이는 것이 일사분란하였다. 다시 대오를 정리하고 북을 치며 적색 깃발을 들어 흔들면 위쪽(남향)으로 모여들고, 흑색 깃발을 흔들면 아래쪽(북향)으로 내달리는 것이 훈련이 잘된 군대처럼 손색이 없었다. 잘못하여 목이 달아난 것을 본 궁녀들이 살기 위하여 목숨 걸고 군령을 지킨 것이다.

오왕은 좋아하는 애첩을 잃은 것은 애석한 일이지만 손무의 능력을 높이 평가하여 대장군에 봉했다. B.C. 506년에 초나라와 오나라가 치른 전쟁에서 손무의 지휘를 받는 오나라 3만의 병사가 20만 병력의 초나라에게 승리를 거두며 주위의 제후국들을 놀라게 하였다. 이후 20여 년 동안 오왕을 받들며 주위의 제후국들과 많은 전쟁을 치렀으나, 그때마다 그들에게 많은 승리를 거둔다.

어떤 일에 처했을 때에 어떤 생각과 행동을 하느냐는 각각의 사람마다 다르다. 자신이 처리하고 감당하는 것만큼 세상은 인정을 해주는데 자신이 행한 일은 자신의 또 다른 표현이라고 하겠다.

지도자의 생각이나 행동에 의해서 나라가 어느 방향으로 나갈 지가 결정이 된다. 서독을 방문하여 광부들과 간호사들 앞에서 목이 메이고 감정이 북받쳐서 연설문조차도 읽어 내리지 못했던 박정희의 눈물은 가난을 숙명처럼 알고 대물림하며 살아왔던 우리들에게도 서독처럼 잘 살 수가 있고, 우리도 자립경제를 이루어낼 수가 있다는 신념을 담은 눈물이었다.

우리의 영웅 박정희는 서독을 방문하는 16일 동안 내내 울었을 것이다. 잘사는 선진국을 둘러보며 우리가 처해 있는 너무도 암담하고 어두운 현실과 어찌 보면 지지리도 가난한 나라이기에 경제라는 말조차도 어울리지 않는 나라임을 새삼 느끼면서 내내 울었던 것이리라.

그러나 박정희는 서독에서 돌아오면서 경제 기적을 이루려는 씨를 뱃속에 담고 왔으며, 이후에 그의 행적은 이 땅에 천형과도 같은 가난을 몰아내고 다함께 잘사는 나라를 만들기 위한 행보가 이어진다.

아! 올 것이 왔구나! 5·16 혁명

1961년 5월 16일 박정희 장군이 이끄는 소수의 병력이 통치력의 부재와 소요사태에 휘말려 무정부상태로 치닫는 민주당 정권을 장악하는 군사혁명을 단행한다.

"5·16 군사혁명의 소식을 접한 윤보선 대통령이 "아! 드디어 올 것이 왔구나!" 라는 말을 했다는데 앞통수야, 그게 무슨 말이냐?”

“예. 그 말은 5·16 군사혁명이 일어나기 전부터 시중에서는 무엇인가 중대한 변혁이 불원간 일어날 것이라는 추측이 나돌고 있었다는 사실을 뒷받침해 주는 말이라고 생각됩니다. 그러나 본인은 진의를 해명하지 않았다고 합니다.”

“아니, 군인들이 총으로 나라를 뒤엎으려고 하는데 대통령이 그런 말을 했다는 것은 시기적으로 적절한 말은 아닌 것 같은데…. 영웅아, 네가 시원하게 다음 부분을 얘기해 보아라.”

“예. 대통령은 국군의 통수권자로서 혁명군의 포위를 분쇄할 수도 있었건만 북한의 심상찮은 태도나 동족간의 유혈참극이 벌어지는 것은 원치 않아서인지, 아니면 스스로의 무능한 정권이라는 생각에서였는지, 아니면 군에 의한 새로운 정치를 바랐는지 별다른 행동을 취하지 않았습니다. 막상 박정희를 중심으로 한 혁명군의 핵심세력들에게는 생사를 가르는 거사였지만, 다른 대부분의 사병이나 장교들은 무슨 일인지도 모르고 출동을 하였습니다. 그리고 사태의 변화에 따라서는 혁명군의 내부에서도 많은 이탈자들이 나올 수 있는 상황이었으며, 그러한 어려운 조건과 상황이었음에도 혁명은 극적으로 성공을 합니다. 당시에 민주당 정권은 집권하면서 민주주의 정권이라는 이미지에 주력하여 국가의 안정보장을 수호하는 데에는 무기력했습니다. 정치인이나 정책의 입안자들이 현실과 동떨어진 관념적이며 유희적인 정치의 작태를 보이며 민주정치의 실현을 구호로만 외쳐대는 상황에서 6·25의 폐허를 치유하고 생활안정을 바라는 국민들이 현실적인 요구를 충족시키지 못하고 있었습니다."

1953년 7·27휴전 이후 6·25전쟁의 포화가 멈춤을 계기로 자유당 정권의 이승만 대통령은 국가의 장래를 위하여 기존의 혼탁하고 어지른 모든 것들을 버리고 새롭게 가다듬는 일대 혁신을 단행했어야 했다.

자유당 정권이 공정하고 투명한 선거제도를 만들고 경제부흥에 총력을 기울이고 민생을 살피는데 주력했다면 4·19의거도 없었을 것이고, 자신이 하야하여 망명객이 되는 일 또한 없었을 것이다.

"영웅아, 4·19의거를 치르고 나라의 정치상황은 어떤 변화가 있었는지 알고 있는 대로 말을 해보아라."

"예. 이승만과 자유당 정권이 물러나고 민주당의 윤보선 대통령과 장면 총리가 정권을 잡았으나 국가의 기본질서조차 유지하지 못할 정도로 허약했습니다. 정가에서는 신민당 창당(1961년 2월 20일) 등 권력쟁탈을 위한 싸움에 여념이 없었습니다."

당시 북한은 남북연방제구성제의, 경제문화교류제의, 남북협상제의(1960년 11월 13일) 등 연쇄적인 정치공세와 혁신을 자처하는 좌파세력의 정치공세(반공법 데모규제법의 반대)가 야간 촛불시위로 이어졌다. 시민들의 불안감은 극에 달했고, 일

촉즉발의 무정부상태로 몰고 가면서 국가는 사실상 통치력을 잃어 가고 있었다. 그때에 장면 총리는 "공산주의보다는 차라리 분단을 택한다"는 요지의 성명을 발표했다.

공산주의 통일보다는 자유민주주의 분단을 선택하겠다는 말은 역사적인 선언이었으나 민주당 정권의 내부분열과 좌익세력들의 정권타도 음모로 인하여 햇빛을 보지 못하게 되는데, 돌이켜보면 애석한 일이라 하겠다.

국가의 법질서를 유지해야 할 책임자의 입장에서 용공통일을 배격한다는 말에 그칠 것이 아니라 구체적인 비상조치를 취했더라면 대한민국의 국기를 반석 위에 올려놓는 좋은 기회였기 때문이다.

5·16 혁명은 정당 활동과 당략적 투쟁을 연결시켜야만 민주적인 정치라고 생각을 하는 정치인들의 눈에는 분명 군사력에 의한 정권 찬탈이었다. 그러나 나라가 통치력을 상실하고 통치권을 위임받은 지도자들조차도 어찌할 바를 모르고 자칫 나락으로 굴러 떨어질 나라를 구한 것도 주지의 사실이라 하겠다.

박정희는 미숙하나마 민주적인 절차를 밟고 탄생한 정권을 무력으로 종식시켰다는 가책은 있었을 것이나, 북한의 침략에 전 국토가 폐허가 되어버린 상태에서 부패와 무능과 무질서와 공산주의의 책동을 타파하고, 국가의 진로를 바로잡아서 어려운 민생을 안정시키고 국가의 발전을 이룩해야 했다. 이를 위해서 민주주의의 이념에 비추어 볼 때는 불행한 일이었지만 위급한 민족적 현실에서 볼 때는 불가피한 일이었으며, 혁명은 국가 장래를 위한 현실적인 대안이며 돌파구였다.

국가를 구성하는 것은 국민과 영토와 주권이라고 한다.

대한민국의 건국 초기부터 국가수호를 위하여 국가의 구성원들이 우선적으로 민주주의를 수호하고 자유시장경제체제의 유지, 발전하기로 합의했어야 할 덕목을 우리들은 무시하였다.

그것은 理想(이상)과 現實(현실)을 구별하지 못했기 때문이며, 신생국이기에 조급함도 많이 작용을 했을 것이다.

현실을 무시한 마르크스—레닌의 사회주의는 민주주의의 겉모습만 갖춘 신생국가의 기능을 저하시키며 사회의 저변에 그늘을 드리우게 하였다.

국민들은 나라를 세우기만 하면 스스로 지탱해 나가며, 나라의 일은 나라님께서 이끌어 가며, 백성은 그저 따라가기만 하면 된다는 안이한 왕조 전제주의 국가관에 사로잡혀 있을 때였으니 책임과 의무가 따르는 민주주의를 얼마나 알고 있었을까? 더구나 남한의 일부 지식인과 정치인들은 사회주의에 물들어 북한이 이상주의를 펼치며 남한보다도 잘 사는 곳이라는 거짓 선전과 책동을 일삼았다. 사회주의가 무엇인지도 모르는 국민들은 6·25의 참상을 겪고 나서도 사회주의에 물든 일부의 지식인들과 정치인들의 거짓 선동과 책동에 남한은 이상주의의 환상에 젖어 표류하고 있었다.

5·16 혁명을 성공한 박정희는 민주주의자라는 이미지보다는 먼저 민생을 안정시키고 경제를 살려서 북한보다 더 잘사는 나라를 만들어야 한다는 결심을 하고, 경제에 주력하는 현실주의

적 정치를 택한다.

숱한 도전을 딛고 – 수출 우선 정책

　6·25전쟁이 쓸고 간 폐허의 자리에서 10년 세월이 지났건만 국가는 갈 길조차도 제대로 잡지 못하여 허둥대며, 어떤 대안도 없이 풍랑을 만난 배처럼 이리 몰리고 저리 몰리는 형국이었으니 전쟁의 잔해 속에 내쳐진 백성들의 고통이야 어찌 말이 필요하랴.

　박정희 국가재건최고회의 의장은 전쟁의 피해복구가 북한보다도 뒤쳐져 있다는 것을 알고 있었다. 그래서 시급하게 전쟁의 잔해를 치우고 북한보다 더 잘사는 나라를 만들어야 했다.

　국가의 경쟁력은 경제성장을 이끌어내는 것이며, 모든 국민이 잘 사는 원동력이라고 확신한 그는 자주경제, 자립경제의 초석을 다진다.

　박정희의 발전 정책은 서양의 학자들이 말하는 일반 경제이론을 뒤집는 창조적인 전략이었다. 자원은 빈약하나 풍부한 노동력으로 경공업을 일으키고 수출산업을 육성하여 공업제품을 생산하기로 한다. 더 나아가서는 중화학제품을 만들어서 외국에 내다파는 수출우선주의 정책을 세운다. 그 과정에서 중산층이 확고히 자리를 잡게 되면 그 중산층의 축적된 힘으로 농업발전에 힘을 기울여 근대화를 이루겠다는 계산이었다. 그렇게 해야만 정치적으로 민주체제가 건전하게 운영될 것이라는 신념을 갖고 우선 근대화, 공업화의 정책을 세우고 이끈다.

"뒤통수야, 우리나라를 개발하는 데에는 서구식 후진국 개발이론(先(선)농업발전 後(후)공업화)은 맞지 않다는데 왜 그런 줄 아느냐?"

"예, 스님. 서구의 나라들은 수백 년간 아시아, 아프리카, 아메리카대륙을 침략하여 노예를 중심으로 값싼 노동력을 이용하여 농업을 발전시켰기 때문에 그것을 바탕으로 산업을 일으켜서 공업발전을 이룰 수가 있었으나, 우리나라 농업의 생산성은 일 년에 한 번의 수확에 그치는데 그런 농업을 언제 발전시켜 공업을 이룩하겠어요? 발전된 농업의 힘으로 공업화를 이룬다는 것은 한가한 서구 학자들의 이론이고, 갈 길 바쁜 우리의 실정으로는 농업발전은 잠시 뒤로 미루고 공업발전에 주력을 하는 것이 백 번 옳다고 생각합니다."

"야! 뒤통수가 시원하게 말을 잘했다. 그런데 박정희 대통령의 선공업화 후농업을 발전시키겠다는 것에 대해 더러는 뒷얘기가 있던데, 아느냐?"

"예. 박정희의 정책을 서구인들이나 경제학자들은 공업을 발전시키고 농업의 발전을 기하려는 정책은 무모하며 성공하지 못할 것이라 했으며, 프랑스의 어느 신문에서는 '한국에서 민주주의가 소생하거나 경제발전을 위하여 취하는 일련의 일들을 기대하는 것은 쓰레기통에서 장미를 꽃피워보겠다는 발상으로 결코 성공하지 못할 것' 이라는 비관적인 기사도 있었던 것으로 압니다."

"그래, 그런 일들이 있었다. 기술도 자본도 없는 나라였으니 외국인들이 깔보는 것이야 어찌 보면 당연한 것이었을 것이다. 그러나 때의 지도자나 국민들이 단합되어 발휘할 무한한 힘을 그들이 알아 볼 수는 없었을 것이다."

박정희는 수출주도형 정책으로 개방화와 국제화, 나아가서는 세계화로 이끌어가며 발전과 번영의 기초를 다지고 시급한 민생문제 해결과 경제개발의 합리적인 추진을 강조했다. 그는 "침체와 우울, 혼돈과 방황에서 벗어나서 생각하는 국민, 일하는 국민, 협조하는 국민으로 재기하자"는 것을 언급한다.

생각하고, 일하고, 협조하자는 호소는 우리 민족의 저항적 민족주의에서 착안한 것이었다. 저항적 민족주의를 경제발전의 원동력으로 삼아 긍정적이며 자율적인 근대화를 이루려는 의도였다.

수 천 년을 이어온 이 땅의 역사를 더듬어 보면 도덕정치로 나라를 다스렸다는 고조선이 무너지면서 점점 변방으로 몰리고 작아지며, 주위 강대국들의 틈바구니에 끼었다. 그 틈바구니 속에서도 면면히 우리를 지탱해준 정신이 우리의 혼이며, 우리의 자존심이었다. 그것은 저항하는 민족정신에서 나왔다.

조선은 숭유억불정책, 사대선린정책, 농본정책을 내걸고 개국을 하며 명나라를 종주국으로 정하여 道(도)로서 예의를 갖추고 선린외교를 펼쳤다. 그런데 이조 중엽까지 번성을 누리던 명나라가 북방민족인 후금의 공략을 막아내지 못하여 나라가 망해버린다. 그 자리를 후금이 들어와 중원을 장악하며 청나라를 세우자, 조선은 명나라가 망했어도 개국 초에 정한 사대의 종주국에 대한 예를 지킨다는 명분을 들어 청나라를 홀대했다. 신흥국가이며 힘이 넘쳐나던 청나라는 이러한 조선을 가만히 두고 볼 수 없어 쳐들어 왔으니 이 전쟁이 병자호란이다.

조선의 왕이 삼전도의 치욕을 치르고도 조선은 청나라를 사대의 종주국으로 생각하지 않았다.

여전히 명나라는 하늘을 아는 천자의 대국이며, 청나라는 북방의 무지한 오랑캐가 세운 나라라는 생각을 바꾸지 않았다. 조선은 그 후로도 청나라에게 숱한 어려움을 당하면서도 조선의 사대부들은 은근한 저항을 이어갔다.

그런 땅에서 살아가는 우리는 누가 무엇이라고 하지 않아도 명분과 대의를 알고 있으며, 그에 반하는 것에는 대항하고 투쟁하는, 저항하는 자존을 가진 민족이다. 이것은 우리의 자존이며, 우리의 혼이며, 우리의 얼이기에 대의와 명분을 지키고 때론 저항하는 자존을 지닌 민족정신이라고 하겠다.

국가의 통치권은 어느 시대이고 도전과 저항에 직면하기 마련이다. 왕조의 전제군주의 시대에도 왕권은 늘 도전과 저항에 노출되어 있었고, 그 도전과 저항을 통치자가 얼마나 슬기롭게 대처하였는가에 따라서 때의 세상은 달라지고 백성들의 삶이 결정되었다.

　박정희 시대에는 새로운 산업화, 근대화, 공업화로 가는 과
정에 숱한 장애와 숱한 도전이 도처에 복병처럼 숨어 있었다.
그러나 그는 줄곧 경제·정치의 개혁과 민족주의를 강조했고,
민족적 민주주의라는 말을 언급하며 역경을 헤쳐 나갔다.

　"언론의 자유도 무한정 보장될 수 있는 것은 아니다. 국민의
자유와 권리도 헌법상 질서유지나 공공복리를 위해 필요한 때에
는 법률로써 제한할 수가 있다. 이 사회의 혼란은 언론이나 신문
도 상당한 부분에 책임을 져야 한다는 소리가 있다. 우리는 영원
토록 외국의 원조에 의존할 수는 없다. 이것은 배타주의도 아니
고 고립주의도 아니다. 우리의 우방이 우리를 돕는 것은 우리의
자립을 위해 원조하는 것이다. 이것이 바로 민족적 민주주의라
는 것이다." (1964년 6월 26일)

　민주주의를 위한다는 명분으로 '민주주의를 남용' 하는 것
에 대하여 정면으로 반박을 하고, 자주와 자립에 의해서 이 땅
의 민주주의는 우리의 실정에 맞게 우리가 만들어가야 한다는
주장이었다.
　우리의 영토는 지정학적으로 강대국들의 틈바구니에 끼어있
어서 역사적으로도 중국의 영향은 절대적이었으며, 근세에 이
르러서는 러시아의 영향으로 남북이 분단되었다.
　세상에 존재하는 모든 것은 존재 자체만으로도 귀한 것이다.
天(천), 地(지), 人(인)의 귀함을 먼저 알아야 사대주의나 사대

교린을 알고 말할 수가 있는 것이다. 따라서 나라가 작다고 해서 무조건 대국의 모든 것을 받아들이며 무조건 복종을 해야 하는 것은 아니다.

孟子(맹자)에 나오는 말인데, 사대사상의 이론적 배경이다.

"이웃나라와 교류할 때에도 道(도)가 있습니까? 하니 맹자는 오직 어진 사람은 대국이라 하여도 소국을 깔보지 않고 禮(예)를 두터이 하여 교제를 할 수 있다. 그리고 소국을 잘 대해 주는 대국의 군주는 하늘을 즐겁게 하며 (하늘에 대해서는) 자신이 소국임을 깨닫고 대국에 잘 대하는 군주는 하늘을 어려워할 줄 안다. 하늘을 즐겁게 하는 군주는 천하를 얻을 수가 있으며, 하늘을 어려워할 줄 아는 군주는 능히 자기 나라를 얻을 수가 있다."

"영웅아, 들어도 알아듣기 어려운 말들이 나오는데 쉽게 설명을 해 보아라."
"예. 사람들이 살아가는 자연은 먼저 하늘이 열리고 그 다음에 땅이 굳어져서 사람들이 살아가는 세상이 만들어졌습니다. 이 때문에 하늘은 주재자요, 도의의 지표입니다. 자연법칙에서도 하늘이 모든 것에 우선하지만 더 나아가면 하늘과 사람이 하나이기에 천하와 사람은 공평과 조화를 이뤄야 한다는 사상을 말하는 것입니다. 고대 중국에서는 일찍이 이같은 관념과 사상에 입각하여 황제의 통치권은 하늘에서부터 그 정통성을 위임받았다고 인식했으며, 국가 간의 交隣(교린)도 먼저 하늘을 즐겁게 해주고 하늘을 어려워할 줄 아는 틀 속에서 찾는 것이 옳다는 인식을 해왔습니다.”

“그래, 쉬운 얘기는 아니구나. 그래서 먼저 하늘을 알고 도와 예를 갖추어야 사대를 말할 수가 있으련만 왜곡되고 굴절된 사대주의 사상은 강자의 눈치 보기를 조장하고, 시기와 질투 그리고 냉소적인 방관태도 등 사회를 비능률화시키며 자율성을 퇴화시키고, 사람들을 편협하고 비루하게 만들며 사회의 구성원들을 기회주의로 흐르게 하여 사회의 생산성을 떨어뜨린다는 것을 알아야 하겠다.”

박정희는 저항하는 민족정신이 자발적인 근대화를 이루는 원동력이 될 것으로 믿었고, 스스로 일어나 일하는 긍정적인 사회를 이룩하는 데 힘을 기울였다. 이는 나중에 새마을운동으로 발전한다.

“국민들을 굶기지 않겠다” – 보릿고개

얼마 전 일제 식민지시대에 프랑스 선교사가 이 땅에 와서 선교활동을 하며 고국에 보낸 편지가 지면을 통해서 세상에 알려졌다.

어느 가난한 사람이 춘궁기(보릿고개)에 먹을거리가 없어서 굶주려 죽어가면서도 남의 집 담장을 넘지 않고 자신의 집 문을 걸어 잠그고 굶어 죽은 얘기가 있었다. 그리고 나그네들이 쉬어가는 주막의 밥값이 네 푼이나 다섯 푼이었는데, 농촌에 힘 있는 장정들의 품삯이 두 푼에서 세 푼이었다는 내용도 있었다. 프랑스 선교사는 자신이 목격을 하고서도 이상한 일이라며 친지에게 쓰고 있다.

"영웅아, 조선 말엽에서 일제 식민통치의 시대로 접어들면서 무자비한 수탈이 자행되었다. 그렇지 않아도 어려운 농민들의 생활은 어려움이 극에 달하여 먹고사는 것조차도 힘들었다는데, 아는 대로 얘기해봐라."

"예. 일제는 우리나라의 곡창지대에서 생산되는 쌀을 자기 나라로 가져갔습니다. 우리의 농민들은 식량이 모자라 입에 풀칠로 살아가는데 봄에 보리가 익어갈 즈음에는 기아에 직면하여 굶어죽는 이들도 있었답니다."

"그래, 그때에 못 먹어서 굶어죽는 사람들도 많았지. 집에 먹을거리가 없으면 이웃들이 나서서 자신들도 어려운 처지에서도 十匙一飯(십시일반)으로 도와주고 빚을 내어서라도 먹을 수가 있도록 했지만, 그나마도 여의치가 않으면 스스로 남들에게 신세를 지지 않으려고 문을 걸어 잠그고 물로 배를 채우다가 굶어 죽은 게지. 개화된 세상에서 살던 선교사의 눈으로 보면 죽음을 면해보려고 남의 집 담장이라도 넘어 도둑질이라도 해보련만 스스로 죽어가는 것이 이해가 가질 않았을 것이다. 뒤통수야, 장정이 온 종일 일해 벌어들이는 것보다 객점의 한

끼의 밥값이 더 비쌌다는데, 왜 그런 것인지 설명을 해보렴.”

“예. 그건 조선의 정치와 신분에 대하여 먼저 알아야 할 것입니다. 조선은 양반 중심의 사회라서 양반들을 중심으로 나라가 운영되었습니다. 평민이나 노비들에게 품삯을 많이 주게 되면 양반들의 말을 듣지 않아 다루기가 어려워질 것이라는 이유로 양반들은 아예 품삯을 적게 정하여 주었습니다.”

“그렇지. 거기다가 일제가 수탈을 일삼으니 가뜩이나 어렵게 꾸려가던 농민들의 어려운 살림살이를 어찌 얘기로 하겠느냐? 궁핍하고 피폐해져 가는 것은 당연한 일이었다.”

해방이 되어 일제가 물러가고 미군정이 들어서서도 형편은 나아지지 않았다. 대한민국의 정부가 수립이 되자, 안정을 취할 시간도 없이 북의 南侵(남침)으로 6·25전쟁을 치르게 되니 이 강산은 어디랄 것도 없이 피폐해졌다.

지도자는 권력과 사리사욕에 눈이 멀어 부정과 부패를 일삼았으니 어찌 백성들의 살림살이가 나아질 수가 있었겠나?

참다못하여 국민들이 들고 일어나자, 이승만 대통령은 결국에는 망명객으로 쫓겨나는 신세가 되었다. 지도자가 당리당략에 치우치자 상하좌우 매사에 어려운 일들이 생기고, 국론이 분열되면서 나라는 혼란에 빠졌으니 누군가는 수습을 해야 할 일이었다.

배가 제대로 항해를 하려면 선장이 정확히 판단하여 방향장치를 좌측이나 우측으로 움직여 주면 배는 물길을 가르며 원하는 대로 나아갈 것이나, 사공들이 많아서 서로 다른 방향으로

가고자 하면 배가 원하는 곳으로 나갈 수가 없는 것은 자명한 일이다.

초기 '대한민국호'는 미숙한 선장과 선원들에 의해서 방향 조차도 잡지 못하고 우왕좌왕하였다. 좌충우돌하며 난파 직전에 이르렀을 때 새로운 선장이 방향을 제대로 잡고 험난한 파도와 맞서 싸우며 서로가 잘 살기 위한 항로를 찾아 나섰다.

새로운 선장은 봄이면 굶는 사람들(200백 만 명)이 많았던 현실을 감안하여 박정희는 "나는 국민을 굶기지는 않겠다"며 기아를 퇴치하겠다는 목표를 우선 내세웠다.

그는 혁신적인 경제정책을 수립하였다. 우선 수출 중심의 1차, 2차 5개년 계획을 세우고 열심히 대한민국호를 잘 운행하였다. 그 결과 2차 경제개발이 마무리될 즈음, 봄이면 어김없이 서민들에게 찾아와 괴롭히던 보릿고개가 슬며시 자취를 감춘 것이다.

보릿고개! 백두대간이 휘감은 이 땅 어디라도 봄이면 배를 주려야 했고, 풀뿌리와 나무껍질로 연명하며 못 먹어서 몸이 붓고 부황이 나서 생사를 넘나드는 피눈물이 배인 고개가 바로 보릿고개였다. 때의 지도자가 나타나 국가 경영을 잘한 덕에 보릿고개라는 말은 지난날의 옛이야기가 되었다.

나이 든 이들은 이때의 일을 실제로 체험했고 지금은 추억으로 간직하고 있을 뿐, 젊은이들에게는 그저 먼 옛날의 전설 같은 얘기일 뿐이다.

"봄이 되면 먹을 것이 없어서 굶는 사람이 많았어."

"아니, 라면이라도 끓여 드시지 왜 굶어요?"
"허허 이런!"

과학기술에 투자 – 인재를 키우다

경제개발 계획을 추진하면서 대통령은 수출업체의 생산 공장을 곧잘 방문하여 독려를 아끼지 않았다.

어느 날도 제품 생산 공장을 둘러보며 생산라인에서 열심히 일하는 여자 기능공의 머리를 쓰다듬으며 소원이 무엇이냐고 물었다.

기능공은 뜻밖에도 "영어공부를 하고 싶습니다"라는 대답을 했다.

그 여공은 "영어를 모르니까 제품을 만드는 기계를 다루거나 감독님의 말씀을 잘 알아들을 수가 없어서요"라고 말을 이었다.

노동 현장에서 노동 여건을 개선해 달라거나 임금을 올려달라는 애기만 들어왔던 박 대통령은 여자 기능공이 하는 뜻밖의 애기를 듣고 눈가에 이슬이 맺히며 급히 손수건을 꺼내 눈물을 훔친다.

순간 지난날 가난에 찌들었던 자신의 어린 시절의 생각이 떠오른 것인지 모른다. 대통령은 고개를 뒤로 돌리며 그곳에 있던 공장의 사장에게 이들이 공부할 수 있는 방법을 찾아보라는 지시를 내렸다. 사장은 대통령에게 야간학교를 만들어서 공부를 할 수 있도록 하겠다는 약속을 했다.

얼마 후 그 공장에는 중학교 과정의 야간학교가 문을 열었으며, 농촌 출신의 여성 기능공들이 낮에는 공장에서 일을 하고, 밤에는 학교에서 공부를 했다. 학생들은 열심이었다. 왜? 공부가 꿈이었으니까!

소정의 과정을 마치고 졸업식을 눈앞에 둔 어느 날, 청천벽력과도 같은 일이 터졌으니 문교부에서는 이들에게 정식 졸업장을 수여할 수가 없다고 통보를 해온 것이었다.

이 소식을 들은 박 대통령은 문교부장관을 불러서 분노하며 질타를 한다.

"돈이 없어서 공부를 못한 것이 恨(한)으로 맺힌 소녀들이 낮에는 일하고, 밤에 열심히 공부해서 졸업하는데 그 한(恨)도 못 풀어준다면 말이나 되는 일이요? 그런 교육규정은 뜯어고쳐야 할 것이 아니요?"

그런 우여곡절을 겪으며 문교부에서는 이들에게 정식 졸업장을 수여하도록 허가를 한다. 이 일이 선례가 되자, 급속히 많은 야간 새마을 학교가 여기저기에 개설되었다.

근대화와 산업화를 이루기 위해서는 과학기술 분야의 인재가 필요했다. 대학교에 이공계를 신설 확장하였고, 공고와 실업고를 설립하게 하였으며, 산업현장에 필요한 엔지니어의 육성에 힘을 기울였다.

박 대통령은 지방순시차 부산에 가면 해운대 관광호텔을 자주 찾았다고 한다.

아침 일찍 습관처럼 일어나 창문에 기대어 멀리 내다보며 만면에 웃음을 머금었다. 부산기계공고 기숙사생들이 오전 6시에 일어나 작업장에 불을 켜고 하루를 시작하는 것이었다. 그 모습을 보고 또 보는 대통령에게 그것은 세상에서 가장 가슴 벅찬 광경이었다.

때로는 학교를 방문하여 기름때 묻은 학생들의 작업복 왼쪽 가슴에 '조국 근대화의 기수'라는 휘장을 걸어주며 친자식 대하듯 끌어안으며 흐뭇해하고 자랑스러워했다. 자식과 나라를 사랑하는 이 땅의 모든 아버지의 얼굴이었다.

대한(大韓)의 많은 자식들이 세계의 기능 올림픽을 휩쓸며 산업현장에서 밑거름 역할을 담당해냈기에 대한민국은 근대화를 이룩할 수가 있었으며, 세계인들이 놀라는 성장을 이룩할 수가 있었다.

박 대통령의 개혁은 비능률적이고 비생산적인 공무원들의 관료주의를 타파하는 것에서부터 시작했다. 오늘날에 돌이켜 보아도 진보주의자요, 개혁주의자였다고 할 수가 있다.

국가의 백년대계를 위해 우수한 학생은 국비로 외국의 대학교에 보내 공부하게 하였다. 1966년에는 KIST를 창설해 우수한 우리 두뇌의 해외 유출을 막으며 국가 산업기술발전에 기여하도록 했다. KIST의 창설은 국방과학연구원이 설립하는 계기가 되었고, 이 나라의 자주국방과 중화학공업시대를 이끌어가는 중추적인 산실이 되었다. 당시에 박 대통령 말고 누가 예측이나 하였을까?

수원 화성은 정조(조선 22대)가 뒤주에서 생을 마감한 아버지(사도세자)를 위한 효심에서 축성했다. 이 성의 축성 계획은 당쟁에 의한 당파정치의 근절과 강력한 왕도정치의 실현을 위한 정치적인 포부가 담겼으며, 수도 남쪽의 국방 요새로 활용하기 위한 것이었다.

화성의 설계는 실학자인 유형원과 정약용이 담당했다. 거중기라는 새로운 과학기기를 동원해 성을 쌓았다. 거중기는 정약용이 《기기도설》이라는 책을 참고로 하여 만들었다. 도르래의 원리를 이용하여 작은 힘으로 무거운 물건을 들어 올리는 거중기는 성을 쌓은 돌의 무게가 7~8ton에 이르는 것을 볼 때 당시에는 획기적인 발명품이었다. 거중기의 도움으로 둘레가 6km에 이르는 수원 화성의 성곽은 2년여 만에 완성되었다. 거중기의 발명으로 얼마나 많은 인력과 시간이 단축되었으며, 실생활에 얼마나 많은 도움을 주었는지 역사가 증명하고 있다.

작은 변화가 세상을 바꾸고, 때의 지도자가 세상을 만들고 이끌어나가는 것임을 안다면 당시 박정희 대통령이 인재를 양성하고 투자한 것은, 세상의 변화는 사람이 이끌어가며, 사람에 의해서 변한다는 것을 알았다는 것이리라.

길을 만들고 물길을 트고

거리에 나서면 일상의 많은 사람들의 분주한 모습을 만난다. 살면서 무심코 지나치는 많은 길에서 누구나 스스럼없이 서로 만난다. 만나면 소통이 되고 소통이 되면서 삶이 이어지며 희로애락을 만들어 가는 것이다.

"영웅아, 일상에서 '모든 길은 로마로' 라는 말을 들을 수가 있는데 무슨 말이냐?"

"예, 그 말은 이천 년 전에 로마가 때의 시대를 지배하여 강대한 힘을 가졌던 나라라는 것을 표현하는 말입니다. 때의 로마가 세상의 중심이었음을 알게 해주는 말이라 여겨집니다."

"야! 영웅아, 나도 로마는 좀 아니까 얘기해 보자. 로마가 강대한 나라였으며 힘이 센 만큼이나 로마는 풍요로웠기에 후대에까지 많은 문화 유적지가 남아있어서 로마로 관광을 오라고 그런 말을 만들지 않았을까요? 길이 있어야 놀러 다닐 수도 있을 테니까요. 스님은 어찌 생각하세요?"

"에이 앞통수야, 너는 길이 놀러 다니는 것으로만 보이냐? 허허."

길이란 삶이요, 개척이요, 문화요, 역사라고도 한다. 세상에 모든 일들이 길이 있어서 생기며, 길이 있어서 서로가 소통하며, 때에 길은 힘을 발휘하는 원천이 되기도 한다. 새로운 길이든 오래된 길이든 길이 있기에 움직일 수가 있으며, 그만큼 변화해 가는 것임을 알아야 할 것이다.

근대화 과정에서 수송화물이 늘어나게 되고 화물의 효과적인 수송체계가 발등에 떨어진 불이 되는 상황이 되자, 서독을 방문했을 때에 보았던 고속도로(아우토반)에 충격과 감명을 받은 박 대통령은 우리나라에도 고속도로를 놓아야겠다는 꿈을 실현에 옮겼다.

1967년 4월에 박정희는 선거공약으로 국토개발 사업의 하나인 경부간 고속도로 건설 계획을 내놓았다.

그러나 고속도로 건설 계획은 엄청난 비용과 그로 인해 파생될 인플레이션을 우려한 것 때문에 각계의 강력한 반발에 부딪힌다.

정부에서는 많은 예산이 들어가는 공사를 위해 세계은행에 차관신청을 했다.

세계은행에서는 실제조사를 위해 실무자를 파견하였다. 그들은 서울과 부산의 중간지점을 정하여 교통량을 조사했는데, 교통량이 많지 않아서 고속도로 건설은 타당성이 없다는 보고서를 내놓았다.

그렇지 않아도 반대하던 많은 정계, 학계, 언론계에서는 고속도로 건설은 시기상조이며, 망국으로 가는 길이라며 반대하였다. 같은 여당 내에서도 반대론과 신중론이 속출했다. 특히 야당 정치인들의 반대는 격렬했다. 세상의 변화를 몰라서였을까? 아니면 정치적 입지를 위한 반대였을까? 어쩌면 자신들의 소신이었으며, 나라와 국민을 위한 것이었는지도 모른다. 어쨌든 우여곡절 끝에 기공식을 갖고 총만 없을 뿐 전쟁과도 같았던 공사를 통해 2년 6개월 만에 경부고속도로는 완공된다.

무슨 말이 필요할까? 추풍령에 있는 경부고속도로 기념비에는 "우리나라 기술과 우리나라 사람의 힘으로 세계 고속도로 건설사상 가장 짧은 시간에 이루어진 길"이라는 글귀가 적혀 있다.

도로가 놓이면서 전국이 일일생활권에 들어왔을 때 그 변화를 누가 예측하고 제대로 알았을까? 도로의 개통이 자신들의 생활을 어떻게 변화시킬 것인지는 더더구나일 것이다.

나라가 망할 것이며, 시기상조라며 반대하던 야당 정치인들이나 반대하던 각계 인사들이 뻥 뚫린 고속도로를 달리며 무슨 생각들을 했을까?

지도자의 생각과 행보가 나라를 바꾸어 놓으며, 국민들의 생활을 풍요롭게 한다는 것을 실감하는 고속도로 건설이었다.

누구에게 들었나? '한국이 발전하려면 지게를 버려야 하고 중국이 발전을 하려면 한문을 버려야 한다'는 애기를 들었는데…. 중국이 복잡하고 어렵고 쓰기가 불편한 한자를 나름 줄이고 간편한 간체를 사용하면서 발전을 이루고 있고, 우리나라도 도로를 다듬고 만들어가며 새로운 고속도로를 건설하면서부터 발전하고 있음을 보면 엉뚱한 애기는 아니었다는 생각이

든다.

경부고속도로에 이어서 경인고속도로, 호남고속도로가 연이어 개통되어 전국이 일일생활권으로 좁혀졌다. 이어 하늘에도 길을 열어 비행기가 뜨고 내리게 하였다.

포항의 허허벌판에 종합제철공장을 짓겠다는 발표를 하고, 대통령이 직접 내려가서 말뚝을 박고 공장 짓기에 열을 올렸다. 그러나 세계은행은 차관을 거절했다.

당시에 세계은행 총재였던 유진 블랙(Eugene Black)은 종합제철공장의 건설에 열의를 보이던 박 대통령을 비웃기라도 하듯 세계은행의 연차총회의 석상에서 이렇게 말했다.

"개발도상국의 지도자들이 바라는 3가지의 신화가 공통적으로 존재한다. 첫째는 고속도로의 건설이요, 둘째는 종합제철공장이요, 셋째는 국가원수의 송덕비이다."

그러나 그의 말은 빗나갔다. 고속도로나 종합제철공장은 신화가 아닌 현실로 우리들의 눈앞에 그 모습을 드러냈다. 박정희가 송덕비를 바라고 일을 했을까? 그는 박 대통령을 몰라도 한참 몰랐던 것 같다. 어찌 燕雀(연작)이 鴻鵠(홍곡)의 뜻을 알아보겠는가?

'철강은 국력이다' 라는 강철 같은 대통령의 의지와 불철주야로 열심히 일한 기술자들의 손에 의해서 종합제철공장이 완성되었다.

이름조차도 생소하던 후진국에서 쇳물을 달구고 녹여 경험을 익히며 점차 제철 용량을 늘려 철강 산업을 일으켰다. 철

강 산업이 발달하며 울산의 허허벌판이던 바닷가에 조선소가
들어섰고, 세계의 바닷길과 통해 한민족은 지구촌 구석구석
으로 뻗어 나갔다.

그가 아니었어도 한강의 기적(?)

과학문명이 발달하여 지구촌이 되어버린 현대를 살고 있는
사람들이 생각을 하면 웃음이 나올 일이지만 15세기 말까지도
대다수의 유럽인들은 지구가 네모나다고 생각을 했단다. 혹시
먼 바다로 나가면 낭떠러지가 있어서 그곳에 이르면 떨어져서
죽게 된다고 믿고 있었다.

그때 콜럼버스는 스페인의 여왕인 이사벨라의 후원을 얻어
인도에 가면 진귀한 보석과 향신료를 얻을 수 있다는 말을 믿
고 인도를 향해 길을 떠났다. 남쪽으로 길을 잡아가던 중에 풍
랑을 만나서 뜻하지 않게 신대륙인 아메리카를 발견하게 된다.

콜럼버스는 신대륙에서 막대한 금은보화와 희귀한 보물들
을 싣고 돌아왔다. 신대륙을 발견하고 새로운 뱃길을 열고 돌
아온 그를 사람들은 영웅이라 칭하며 환영을 했고, 연일 파티
를 열어주었다. 그러나 그를 시샘하고 질시하는 사람들도 있
었는데 그런 사람이 연회석상에서 콜럼버스에게 조롱하듯 말
을 건넨다.

"아니, 당신이 신대륙을 발견했다고 대단한 영웅이라도 된

것처럼 구는데 사실 누구라도 그냥 배를 저어가기만 하면 다 발견할 수가 있는 것이 아니요?”

하니 잠자코 듣고 있던 콜럼버스가 앞에 놓여 있던 달걀을 손에 들며 그 사람을 향해 말을 던졌다.

“당신 이 달걀을 세워 볼 수 있겠소?” 하며 달걀을 건네주니 그 사람은 이리저리 달걀을 세워보려고 하였으나 세우지 못해서 어쩔 줄을 모르고 당황하고 있었다. 그 모습을 보고는 콜럼버스는 그 사람의 손에 들려있던 달걀을 건네받아 달걀의 한 모서리를 깨서 탁자에 세웠다.

그러자 그 사람은 또 비웃으며 말했다.

“아니, 그렇게 하면 누군들 달걀을 못 세우겠소?”

콜럼버스는 기다렸다는 듯이 웃으며 말했다.

“바로 그거요. 누구나 남이 한 것을 따라 하기는 쉬우나, 남보다 앞서서 처음 하기란 어려운 것이요. 이것이 당신과 나의 차이요? 아시겠소?”

콜럼버스의 달걀이라는 말은 남이 하는 일들이 별게 아닌 듯 보이나, 그것을 이뤄내기까지 無(무)에서 有(유)를 만들어 내는 각고의 노력이 필요하다는 의미가 담겨 있다고 하겠다.

1980년대 국내의 기업인과 필리핀의 라모스 국방장관과의 오찬회동에서의 얘기이다.

라모스 장관은 “필리핀이 한국전쟁 때 유엔군의 일원으로 참전했을 당시에 한국의 GNP는 60달러였고, 필리핀은 800달러였는데, 지금 한국의 GNP는 5천 달러, 필리핀은 7백 달러 수준으로 한국과 상황이 역전이 되었다"고 말했다.

라모스 국방장관은 "이제 군사적으로 돕던 시대는 끝났으니 경제적으로 서로 돕자"는 말을 했다고 한다.

지금 우리의 국민소득은 2만 달러이고, 필리핀은 1,600달러 수준이다.

박정희 대통령은 한강의 기적이라는 말을 들으면 별로 좋아하지 않았다. 기적이란 신이 존재해야 있을 수 있는 말이라고 했다. 듣기 좋은 표현으로 한강의 기적을 운운하지만 우리의 땀과 노력으로 일궈낸 결실이 어찌 기적이냐는 것이었다.

그러나 외국인들의 눈으로 보면 자원도 빈약하고 기술도 없고, 더구나 남북이 대치하고 있는 분단국에서 단시일 내에 경제성장을 이루어 냈으니 한강의 기적이라는 표현 말고 다른 것을 빌려올 수가 없었을 것이다.

세상은 변하고 있다. 지금도 변하며 앞으로도 변할 것이다.

일을 계획하고, 구상하고, 떠오른 생각을 다듬고 다듬어 새로운 상황의 변화를 만들어내는 것인데, 생각을 실행에 옮겼을 때 새로운 세상은 창조된다는 사실을 기억해야 할 것이다.

한 시대의 영웅이 이룩한 경제발전을 누구라도 할 수 있는 일이라는 얘기를 듣기도 하는데, 과연 그럴까? 말들이야 쉽게 하겠지만 계란을 깨면서 세울 수 있다는 생각을 하는 이들이 과연 얼마나 될까?

북한의 무력도발과 방해공작

2차 세계대전은 日帝(일제)가 선전포고도 없이 미국의 진주만을 기습공격하면서 미국과 영국을 상대로 벌인 전쟁인데, 日帝(일제)는 鬼畜美英(귀축미영)이라는 표현을 하였다. 귀신같고 짐승 같은 미국과 영국이라는 말인데, 아무리 봐도 '아귀같고 미련한 짐승 같은 짓'을 한 것은 일본 제국주의가 아닌가 싶다.

북한의 김일성도 그랬다. 김일성은 1965년 9월 3일자 〈인민일보〉에 "베트콩식의 무력 해방 투쟁을 남한에서도 실시하라"는 요지의 글을 의도적으로 게재한다. 1966년 노동당 대표자회의에서는 남쪽의 경제발전을 언급하면서 "미제와 그 앞잡이들이 전쟁 정책을 강화하고 있다"고 왜곡을 하며, "주관적 객관적 정세에 맞게 정치, 경제 투쟁을 폭력과 비폭력 투쟁으로 합법과 비합법적으로 동시에 전개해야 한다"는 말을 한다.

복잡스러운 말이나 정리해 보면 남한의 경제발전은 전쟁 강화 정책이며, 북한은 할 수 있는 모든 방법(무력도발)을 동원하여 남한의 경제발전을 방해하겠다는 말이다.

북한은 그들이 말한 대로 1968년 1월 21일 북한 정찰국 소속(124군 부대) 31명의 무장공비를 남파시켰다. 박정희 대통령을 살해할 목적으로 청와대를 공격하려 했으나, 1명의 생존자(김신조)를 남기고 남파된 모든 공비는 사살된다. 그들은 남파 전에 북에서 청와대 내부구조를 분석하고 황해북도 인민위원회

청사에 청와대와 흡사한 모형을 만들어 놓고 실전과도 같은 연습을 했다고 한다.

그해(1968년 10월 30일 ~ 11월 2일) 3회에 걸쳐 삼척과 울진에 무장공비 120명을 침투시켜서 게릴라전을 전개했다.

투입된 무장공비들은 유례가 없는 만행을 서슴없이 자행하여 남한 사회를 극도로 혼란하게 하였을 뿐만 아니라 한반도의 긴장 상태를 조성했다. 북한은 사상적 중립 층을 확대하고 주민들이 당국에 대한 협력을 저지하며, 전후방에서 동시에 전투를 치르려는 게릴라식의 전술을 획책했다. 군경부대의 분산과 병력 소모 및 피로를 촉진시키고, 위조지폐를 대량 사용하여 남한의 경제 질서를 혼란시키려고 하였다. 이는 우리나라의 산악지대와 농촌에서 게릴라 활동의 가능성을 탐색해 본 것이며, 한국에서도 월남과 같은 전쟁을 수행할 수 있을 지를 시험해본 것이었다.

토벌작전에서 국군은 무장공비 7명을 생포하고 113명을 사살시켰으며, 북한이 아무리 무장을 하고 잔악한 공비를 침투시켜도 이를 물리칠 수 있다는 자신감과 튼튼한 안보태세를 실증으로 보여주었다.

1969년 12월 11일에는 KAL기 납북사건이 있었다. 지상과 하늘 길에서의 만행에 이어 1974년 11월 15일에는 북한이 만든 남침용 땅굴이 발견된다. 이 땅굴은 역사적인 7·4 남북 공동성명이 발표된 직후 발견된 것으로, 북한 스스로 음흉한 남침 야욕을 만천하에 드러낸 꼴이었다. 이어 발견한 제2, 제3의 땅굴을 포함 총 4개로, 서부전선 지역에 2개(제1, 3 땅굴), 중부전선 지역에 1개(제2 땅굴), 동부전선 지역에 1개(제4 땅굴)가 그것들이다. 북한은 이후에도 1974년 8월 15일에는 대통령 저격을 시도하여 육영수 영부인을 피살시키는 만행을 저질렀고, 1976년 8월 18일에는 판문점 도끼만행사건을 자행한다. 이후에도 북한의 도발은 끊임없이 자행되었으나 그때마다 역효과를 냈을 뿐이다. 우리들에게 반공교육을 시키고 공산주의 체제가 폐쇄적이기에 자유는 물론이요, 사회발전이 없음을 스스로 알려주는 꼴이었다.

국민들은 공산주의 체제가 다 함께 못사는 사회라는 것은 공산주의를 70년 또는 50년씩 해온 소련이나 중국의 피폐한 경제가 증명을 해주고 있어서 누구나 알고 있으리라.

사람들은 태어나면서부터 자신이 보고, 듣고, 겪는 일들을 기억이라는 주머니에 담고 산다. 어릴 때에 담아둔 기억일수록 경험이라는 이름으로 많이 꺼내 쓴다. 긍정적인가? 부정적인가? 또는 조급한가? 낙천적인가? 하는 사람의 성격도 모체의 태중에서 결정된다. 성장하면서 20세를 전후한 시기에 받은 강한 기억은 뇌가 왕성한 활동을 하는 시기라서 평생 간직하게 되며, 살아가면서 그때에 입력된 기억을 많이 꺼내서 사용하게 된다.

박정희와 김일성은 민족주의적 사고방식에 있어서는 두 사람의 생각은 기본적으로는 크게 다르지 않다고 볼 수가 있다. 다만 김일성은 빨치산의 유격전의 생리에 지배되어 자력갱생이 폐쇄성에 그쳤고, 박정희는 수출제일주의를 추구해 개방화, 국제화, 세계화로 확대해 나갔다.

이것은 땅굴이나 파고 게릴라 전술이나 구사하는데 그치는 소대나 중대 단위의 지휘관과 전략적 사고로 전술과 전략을 자유자재로 구사하는 사단장이나 군단장급의 지휘관의 차이와 비유할 수 있다.

편협한 사상의 틀에서 벗어날 줄도 모르는 원리주의자와 자유 시장경제 원리에 입각하여 현실을 자유롭고 유연하게 볼 줄 아는 실리주의자와의 차이가 바로 남북의 차이다. 이는 지도자의 사고방식의 차이에 기인한 것으로, 오늘날 한국과 북한의 경제적, 사회적 차이를 우리의 눈으로 확인할 수 있다.

북한의 극렬한 무력도발을 막아내며 박정희는 '일하면서 싸우고 싸우면서 일하자'는 구호를 외치며 자주, 자립, 자위의 정책목표를 제시하여 개혁에 박차를 가한다.

대내외적인 시련 – 삼선 개헌과 유신

1960년대 말과 1970년대에 들어서면서 박정희는 북한의 무력도발과 미군 철수(7사단 철수)라는 양쪽의 도전을 받는다. 박정희가 본격적으로 추진하려는 경제개발 정책의 성공은 확고한 안전보장이 선결문제였는데, 주한미군의 철수나 감축은 북한의 무력도발 못지않은 중대한 사안이었다.

이 때문에 박정희는 경제영역에서만이 아니라 안보영역과 정치사회면에 이르기까지 개혁의 단안을 내려야겠다는 전략적 사고를 굳히기에 이른다. 박정희는 1969년 7월 25일 삼선 개헌에 관한 특별담화를 발표해 국민에게 자신의 신임을 묻겠다고 했다. 삼선 개헌안이 9월 14일 국회를 통과하였고, 1969년 10월 17일 개헌안에 대한 국민투표가 실시되어 압도적 다수의 지지로 삼선 개헌이 확정된다.

박정희는 1971년에 치른 대통령선거에서 3선 대통령이 되지만 야당 후보의 대중연설 솜씨에 곤혹을 느꼈으며, 4월에 실시한 국회의원선거에서 야당이 89석이란 막강한 세력으로 원내에 등장하자 지도자로서의 영도력에 상처를 받는다.

박정희는 직업적인 정치인을 부정적으로 인식했으며, 선거는 국력을 낭비하는 비능률로 여겼다. 특히 야당은 사사건건 정부에 반대하는 불필요한 존재로 인식했다.

군인의 생애를 걸어온 박정희는 명령 질서 속에서 살아왔고 강한 성취 욕망과 자기 희생정신을 갖고 있었으며, 독선적이면서도 능률과 실질주의자였다. 그는 스스로 조국 근대화를 위해 민족의 제단에 바친 제물이라는 강한 자부심과 시대적, 역사적 소명을 가지고 있었다. 어떤 목표를 정하면 무슨 수를 써서라도 최단거리를 통해 성취해야 하며, 과정에 대하여는 별로 의의를 두지 않았다.

1972년 10월 17일 박정희는 비상계엄을 발표하면서 유신을 선포한다. 이후 긴급조치를 발표해 自主(자주), 自立(자립), 自衛(자위)의 정책이 우리에게 가장 알맞은 제도라고 강조하며 국가의 안정된 번영을 굳게 다져 나가자고 호소한다.

그러나 그의 유신집권은 일부 국민들과 야당, 제야의 반정부 세력들(종교계, 학계)의 반발을 불러왔다. 학생들의 데모가 잇따랐지만 평생 군인의 정신과 자신이 아니면 아무도 할 수 없다는 사명감(민족중흥)을 갖고 있었던 박정희에게는 별다른 문제가 되지 않았다.

박정희는 5·16 혁명을 준비하던 모임에서 어떻게 나라를 이끌어나갈 것인가에 대하여 소장파 장교들의 질문을 받았을 때 이렇게 말했다.

"임자들, 지금의 정국처럼 배곯아 가며 박 터지게 싸우는 민주주의를 하려는 생각은 버려! 민주주의가 뭐야! 국민이 잘살아야 민주주의도 하는 거지! 지금 민주주의를 내세우는 놈들은 공산당 놈들의 앞잡이나 똑같은 놈들이야! 모든 국민들이 잘살면 민주주의는 자동으로 잘 되게 되어 있어!"

그에게는 처해진 조국의 암담한 현실을 극복하려면 혁명만이 길이었다. 조국이 근대화를 이루고 국민 모두가 잘사는 복지국가를 이루는 것이 역사적 사명이며, 시대적 소명이기에 박정희는 야당이나 그를 비판하는 세력들의 견제를 한국적 민주주의 유신으로 견제하였다.

지도자란 소신과 신념을 가지고 모두(국민)를 위한 대의명분에 충실했느냐가 중요하며 때론 일부의 억압이나 고통도 감수해야 한다. 무섭다는 호랑이도 제 자식은 잡아먹지 않듯 어버이가 제 자식을 해치지는 않기 때문이다.

1975년 6월 25일 전쟁 발발 25주년에 즈음하여 박정희는 특별 담화에서 "우리를 다 같은 동포로 생각했다면 어찌 감히 조국 강토를 폐허로 만들고, 수백만의 무고한 동포를 대량 학살하는 만행을 저지를 수가 있었겠는가?" 라고 북한의 김일성 정권을 강하게 꾸짖는다. 그리고는 "25년 전과 같은 동일한 수법으로 평화선전을 통해 우리 국민과 국제사회를 혼란에 빠뜨리려 획책하고 남침을 해온다면 스스로 묘혈을 파고 자멸하는 길을 걷게 될 것"이라는 자신감에 넘치는 경고성 담화를 발표한다.

그날 박정희 대통령의 일기에는 "1949년 말(남침 6개월 전)에 이미 북한의 남침 징후가 있다고 예측 보고했으나, 군 수뇌부와 미군 군사고문단이 이를 믿지 않았다. 내가 제출한 이 敵情(적정) 판단서는 나중에 모두 사실로 판명되었다. 알고도 적에게 기습을 당했으니 천추의 한이 되지 않을 수 없다. 4백 년 전 임진왜란 때에 우리 조상들이 범한 과오를 우리시대에 되풀이하게 되었으니 통탄스러운 일이 아닐 수 없다. 오늘의 정세는 6·25 전후와 비슷하다. 또다시 과오를 범한다면 후손들에게 영원히 죄를 짓는 것이며, 조상들을 볼 면목이 없다. 국력 배양과 안보태세 확립에 더욱 노력을 기울여야겠다"고 적혀 있다.

장기 독재 정권이며, 민주 말살 정권이라며 극심한 소요가 그치지 않던 70년대에 민족중흥의 역사를 창조하자는 지도자의 뜻이 하늘에 통해서인지 우리나라는 세계인들이 놀라는 경제성장을 이룩하며 경제대국의 발판을 서서히 마련하게 된다.

경제대국을 넘어 세계의 어느 나라보다도 잘사는 복지국가(다 함께 잘사는 사회)를 이룩하는 것이 꿈이며 소명이라 했던 때의 영웅에게 일을 더하게 시간을 주었더라면 하는 아쉬움이 남는다.

사람과 사람의 관계나 나라와 나라의 관계에도 보이지 않는 역학관계가 설정되어 있어서 각 나라마다 국력이 다른 만큼, 그 나라의 백성들은 몸값이 국력에 따라서 달라지며 대우가 달라지는 것을 굳이 따져가며 얘기할 필요는 없을 것이다.

스스로의 사명감에 독재자라는 말에도 아랑곳하지 않았던, 때의 지도자가 있었기에 가능했던 우리가 누리는 풍요를 후손들에게도 떳떳하게 물려줘야 할 것이다.

과잉 충성이 부른 비극

세상은 사람과 사람이 서로 소통을 하며 서로 조화를 이루며 살아가고 있다. 때로는 주기도 하고 때로는 받기도 하며 관계가 원만하면 조화가 이루어져서 평화와 안정을 누린다.

그러나 수수의 관계가 일방적이거나 어느 한쪽이 힘을 내세우면 서로 견제하고 대립하게 될 것이며, 종국에 가서는 폭력이나 전쟁이라는 극한의 선택에 이르게 될 것이다.

명예와 지위를 구하고자 하는 것의 실상은 그 속에 내세움(가문의 영광)이 있고, 그 속에 힘(권력)이 들어있기 때문이다.

권력자의 주변에는 권력의 중심에 들어보려는 인사들이 생겨나며, 이들 중에는 2인자가 되어 후계자의 자리를 노리는 인물이 생겨나는 것은 역사가 증명하고 있는 것처럼 어제 오늘의 일은 아닐 것이다.

1971년 박정희 대통령은 남북 적십자회담을 제의했다. 그러나 적십자회담은 예비회담만 진행될 뿐 좀처럼 진전 없이 제자리에서만 맴돌았다. 이후락은 직접 북한에 가서 그곳의 사람들을 만나보고 결과를 보고하겠다고 나섰다. 대통령은 처음에는 극구 만류하였으나, 결국 평양 잠행을 허락한다.

이후락은 평양에서 7·4남북공동성명의 문안에 합의를 끌어낸다. 7·4공동성명으로 남북의 대표들이 평양과 서울을 왕래하며 적십자회담 본회의를 열었다. 1차 회담은 1972년 8월 30일 평양에서, 2차 회담은 1972년 9월 13일 서울에서 열렸다.

모두가 TV로 생중계되었다. 북한 대표들의 체제선전의 장이 되었는데, 북측 대표들의 무례함을 욕하는 사람들이 많았다. 결과적으로는 그들이 서울에 와서 때맞춰 반공교육을 효과적으로 해준 셈이 되었다.

1973년 중반에 들며 북한은 남북 대화를 사실상 중단한다. 그러나 남북 대화의 중심에 있었던 이후락 중정부장의 위상은 더없이 높아져 권력의 2인자로서 그에게 충성하는 인물들이 생겨난다.

1인자에게 충성을 하는 자들이나, 2인자에게 충성을 하는 자들이나 그들은 기회만 있으면 높은 지위로 옮겨 앉기 위하여 온갖 아첨과 음모 등 수단과 방법을 가리지 않는다.

이들의 과잉 충성에 의해서 일어난 일들로 윤필용 사건, 김대중 납치사건 그리고 박정희 대통령 자신의 시해사건을 들 수가 있겠다.

윤필용 사건은 군부 내에서 박 대통령의 신임이 가장 두터웠던 윤필용 장군(당시 수도경비 사령관)을 중심으로 한 일부의 정치장교들이 과잉 충성이 발단이었다. 그들은 박 대통령이 이제는 그동안 너무도 많은 고생을 하였고 늙었기 때문에 정치의 후선으로 물러나서 후견인 역할을 하고, 그 대신 이후락 정보부장이 후계자가 되어 국정을 맡아야 한다는 생각에서였다. 당시 각료 중 한 사람이 이들이 국무총리를 비롯한 각료의 명단까지 만들어 놓고 그 실행 기회를 기다리고 있다는 정보를 확보하여 박 대통령에게 알려서 세상에 공개되었다.

박 대통령은 즉시 경호실장인 박종규에게 확인해 보도록 지시했다. 대대적인 수사가 착수되어 수많은 육군 장교들이 고초를 겪었으나, 사건의 진실 여부는 가려지지 않았고 윤필용 장군 자신도 혐의 내용을 부인했다. 어찌 보면 수사를 지휘했던 박종규(청와대 경호실장)가 중앙정보부장이라는 막강한 지위가 탐나서 이 사건 수사를 개인적으로 이용했을 가능성이 있었다고 보는 시각도 있다. 이 사건의 진실 여부를 떠나서 이후락은 박 대통령에게 고개를 들 수가 없게 되었고, 이후락에 대한 박종규의 견제는 힘을 얻게 된다.

중정의 간부들은 그들 특수기관의 조직 생리상 이것을 받아들일 수가 없었다. 어떻게 하든지 자신들의 직속상관인 이후락이 2인자의 자리에 건재해야 한다는 생각에 그들이 과잉 충성을 발동하여 김대중을 납치했을 수도 있다. 이후락이 명시적으로 지시한 것도 아니며, 박 대통령이 지시한 것도 물론 아니었다. 김대중 납치사건은 과잉 충성과 명예욕에 사로잡힌 자들이 일으킨 사건이었다.

이후로도 권력자의 주변에는 과잉 충성자들이 항상 포진하고 있었으니 이후락 이후 또 하나의 과잉 충성자가 등장을 하는데, 바로 차지철 경호실장이다. 그리고 뒤를 이어 김재규가 등장한다.

차기 중앙정보부장으로 유력했던 김재규가 경호실장 차지철에게 가졌던 반감이 발단이 되어 박 대통령 암살 사건이 일어났고, 전두환 장군이 박 대통령 암살 사건 수사를 지휘하면서 권력의 전면에 나서며 실세로서 권력을 쥐게 된다.

적은 어디에 있나? 나의 적은 나이고 우리의 적은 우리인데, 어디서 적을 찾고 있나? 항상 가까운 곳에 적이 있음을 역사가 알려주고 있지 않은가?

그와 함께 날아간 복지국가의 꿈

세상이 빠르게 변한다고들 한다. 10년이면 강산이 변한다고들 했는데, 요즈음엔 3년이면 변한다고들 한다. 가히 빈말은 아닌 것 같기도 하다.

우리들의 생활 속에 들어와서 변화를 주는 갖가지의 것들을 살펴봐도 가히 세상은 예측할 수가 없을 만큼의 빠른 변화를 느낄 수가 있다.

세상은 kilo(킬로)의 장사 앞에 1,000배의 힘을 쓰는 ton(톤)의 장사가 나오고, 그것도 모자라 또 1,000배의 장사인 megaton(메가톤)급의 장사가 출현하였다. 감히 킬로의 장사나 톤의 장사가 대적할 수가 없는 처지에 이르렀는데, 메가톤의 장사도 그의 1,000배가 되는 gigaton(기가톤)과 또 그의 1,000배인 teraton(테라톤)의 장사가 출현할 것이니 어찌 장사라고 할 수가 있겠나?

centi(센티)나 milli(밀리)의 단위가 1,000배나 작은 micro(마이크로)를 만나면서 세상은 놀랐다. 그러나 언제부턴가 마이크로보다도 1,000배나 작은 nano(나노)가 세상에 출현하면서 경악을 하는데, 나노의 세계가 얼마나 갈까? 그보다도 1,000배나 적은 pico(피코)의 시대가 세상에 출현을 할 텐데!

변하는 세상이 어디까지 어떻게 변할 것인가를 누가 감히 예측이나 하겠나?

　　1389년에 정몽주와 이성계는 함께 창왕을 폐한 뒤 공양왕을 옹립하고 조정을 장악한다. 그러나 당시 이성계를 따르는 무리들(조준, 남은, 정도전 등)이 이성계를 추대하여 역성혁명을 꾀하려는 음모가 있음을 알고 이성계의 추종자들을 제거하려 하였다. 정몽주는 이들을 숙청할 기회를 노리던 중, 1392년 명나라에서 돌아오는 세자를 마중 나갔던 이성계가 낙마하여 黃州(황주)에 드러눕게 되자 그 기회에 이성계 일파를 제거하려 했으나, 이를 알아챈 이성계의 아들 이방원이 이성계를 그날 밤 개성으로 돌아오게 함으로써 실패한다.

　　이성계는 아들 이방원에게 정몽주를 자기 세력으로 끌어들일 것을 지시했다. 그래서 이방원이 정몽주를 자택으로 부르자, 정몽주는 정세를 엿보러 이성계에게 병문안을 간다. 그때 이방원은 '하여가'를 지어 자신의 세력으로 끌어들이려고 정몽주의 뜻을 묻자, 정몽주는 '단심가'로 답하며 이를 거절한다.

"이런들 어떠하며 저런들 어떠하리

만수산 드렁 칡이 얽어진들 그 어떠리

우리도 이같이 얽어져 백년까지 누리리라."

– 이방원의 '하여가'

"이 몸이 죽고 죽어 일백 번 고쳐 죽어

백골이 진토 되어 넋이라도 있고 없고

임 향한 일편단심이야 가실 줄이 있으랴.”

– 정몽주의 ‘단심가’

　정몽주는 이성계를 만나 정황을 살피려고 갔으나 이방원에게 ‘단심가’를 지어주며 자신의 의중을 털어 놓으니 자기 세력으로 끌어들일 수가 없음을 안 이방원이 수하의 문객을 시켜 개성의 선죽교를 건너는 그를 암살한다.

　세상은 변하며, 저마다 잘살기를 원하며, 남의 속박이나 남의 눈치 안 보고 나름 자유를 만끽하고자 한다. 그러나 어디 세상이 그런가? 다 잘 살 수도 없고, 다 못 살 수도 없으니 나름대로 제각각의 모습을 지니고 살아간다고 하겠다.

　1969년에 미국의 닉슨 대통령은 이른바 닉슨 독트린을 통하여 “아시아 각국의 안보는 스스로 책임을 져야 될 것”을 천명했다. 중국과의 수교를 염두에 두고 중국을 자극하지 않으려는 뜻에서 행한 것이며, 주둔 중이던 주한미군 2만 명의 철수를 통보한다.

　극심한 충격을 받은 박 대통령은 “한국군 5만 명이 베트남에 있는데, 미군 2만 명을 빼 가면 북한이 오판한다”고 강력하게 반대했다. 국회에서도 미군 철수 반대를 결의하고 내각이 총사퇴하는 배수진까지 쳤지만, 소용없었다.

　미국은 1970년 후반기부터 1971년 3월까지 10개월 만에 미

7사단과 3개 공군비행대대를 빼내갔다. 비무장지대에 있던 미 2사단은 후방으로 이동했고, 총 병력수는 4만 3,000명 안팎으로 줄었다. 한 미 방위조약이 있으나 자국의 이익을 위하여 올 때나 갈 때나 우리 정부와는 상의도 없이 제멋대로인 미국을 믿을 수가 없어진 박 대통령은 ‘언제 미국이 한국을 버릴지 모른다’는 생각을 갖기에 이르며, 핵무기 개발에 착수한다.

미국과의 안보 공약에 신뢰를 상실한 박정희는 방위산업을 신장시키고 중화학공업 정책을 추진하면서 자주국방의 기틀을 마련한다. 핵무기의 개발을 시도하면서 그는 ‘미국이 한국의 안보를 불안하게 하면 독자적으로 핵 개발을 원한다’는 메시지를 남기며 주한미군의 철수를 막아 보려 하였다.

1977년 미국의 카터 행정부는 박정희 정부의 강력한 반대에도 불구하고 주한미군 철수를 노골적으로 진행했다. 주한미군의 전투 병력과 핵무기의 철수를 일방적으로 통보하고 철수를 추진하였다.

미국이 한국에 주둔하는 것은 자국의 이익에 의하여 주둔하는 것이며, 언제든지 미국이 떠나고 싶으면 떠날 것이며, 한국의 입장은 전혀 고려해주지 않는다는 힘의 논리를 뼈저리게 느낀 박정희는 우리 자체적으로 미사일과 핵무기를 개발하여 감히 누구도 우리를 넘볼 수 없도록 해야겠다는 생각에 일을 진행했다.

넓은 세상에서 강자로 군림하는 나라들은 핵을 보유하여 자국민의 긍지를 높이고 자신들만 강자의 지위를 누리기 위하여 약소국들이 핵개발을 할라치면 온갖 방법을 동원하여 막고 부수는 일을 서슴지 않고 있으며, 자신들이 누리는 강자의 지위를 나누려하지도 않고 있다.

국가는 국민들의 시대적 정신과 아울러 정치력, 경제력, 국방력이 국력을 나타내는 근간이며, 거기에서 나라의 자주국방의 힘은 절대적이다. 남의 힘을 빌려 나라를 지탱해 나간다면 그들과의 종속관계는 끝없이 이어질 것이다.

박정희는 1977년 미국의 카터 행정부의 일방적인 철군 통보 후 핵개발 추진에 박차를 가한다. 그러나 민족의 100년 대계를 내다본 핵개발의 의지는 10·26을 맞아 그의 서거로 막을 내린다. 강력한 자주국방의 힘이 바탕이 되어 복지국가를 이루려던 그의 꿈도 이 땅에서 사라지고 만 것이다.

弱肉强食(약육강식)의 세상을 모르고 살만큼 넉넉한 세상이 와도 사람의 욕심은 끝이 없을 것이기에 '단심가'를 부르는 정몽주도, '하여가'를 부르는 이방원도 때의 세상을 풍미했음을 알겠다.

"영웅아! 너 뭐하고 있냐?"

"스님 얘기 듣고 있는데, 왜 그러세요?"

"아니, 답답해서 불러봤다."

이 돈만큼 총을 주시오

　월남파병을 계기로 한국은 M16 소총을 지원받으며 안보상 크게 도움을 받는다.

　이때 M16 소총 제조회사인 맥도널드 더글러스는 중역 데이비드 심프슨을 청와대로 보내 한국에 대한 공급계약체결에 감사하는 의례적인 인사를 하게 한다. 이 글은 당시에 박정희 대통령을 직접 방문했던 심프슨이 최근 인터넷에 올린 글이다.

　여름이었던 것으로 기억한다. 비서관이 열어준 집무실 안의 광경은 나의 두 눈을 의심케 만들었다.

　커다란 책상 위에 어지러이 놓인 서류더미 속에서 자신의 몸보다 몇 배나 더 커 보이는 의자에 앉아 한 손으로는 무엇인가를 열심히 적고 다른 한 손으로는 부채질을 하면서 더운 날씨를 이겨내고 있는 사람을 보게 되었다. 한 나라의 대통령의 모습이라고는 믿기지 않을 정도였다.

　하지만 고개를 들어 나를 바라보는 그의 눈빛을 보았을 때 지금까지 내 마음에 자리 잡았던 모순이 사라짐을 느낄 수가 있었다.

　그는 손님이 온 것을 알고 의복을 갖춘 다음에 "먼 곳에서 오시느라 수고가 많으셨소. 앉으세요. 아! 내가 결례를 한 것 같소이다. 나 혼자 있는 이 넓은 방에서 그것도 기름 한 방울 나지 않는 나라에서 에어컨을 켠다는 게 큰 낭비인 것 같아서요. 이

뜨거운 불볕 아래서 살을 태우며 일하는 국민들에 비하면 나야 신선노름 아니겠소. 허나 손님이 오셨으니, 여보시오! 비서관, 잠깐 동안 에어컨을 켜는 것이 어떻겠소?"라고 말했다.

나는 그제서야 한 나라의 대통령 집무실에 그 흔한 에어컨 바람 하나 불지 않는다는 것을 깨달았다. 그리고 지금까지 내가 만난 여러 후진국 대통령과는 무언가 다른 사람임을 알게 되었다. 그래서 일까? 나는 그의 말에 제대로 대꾸할 수 없을 만큼 작아지는 것을 느낄 수가 있었다.

"각하, 이번에 한국이 저희 M16 소총의 수입을 결정하신 것에 감사를 드립니다. 이것이 한국의 국가방위에 크게 도움이 되었으면 하는 바람이며, 이것은 저희 회사에서 표시하는 작은 성의…."

나는 준비해간 수표가 든 봉투를 그의 앞에 내밀었다. "이게 무엇이오?" 하며 박 대통령은 봉투를 집어 들고 내용물을 확인했다.

"흠. 100만 달러라. 내 봉급으로는 3代(대)를 일해도 만져보기 힘든 큰돈이구려."

차갑게 느껴지던 그의 얼굴에 웃음기가 감도는 듯했다. 나는 그도 역시 내가 만나본 다른 나라의 지도자들과 별로 다를 것이 없다는 생각이 들면서 실망감을 감출 수가 없었다.

"각하, 이 돈은 저희 회사에서 표시하는 성의입니다. 그러니 부디…."

대통령은 웃음을 지으며 지그시 눈을 감았다. 그리고 나에게 말했다.

"이보시오. 하나만 물어봅시다. 이 돈 정말 날 주는 것이오?"

"예. 물론입니다, 각하."

"그러면 대신 조건이 있소. 들어 주시겠소?"

"예, 각하. 말씀하십시오."

대통령은 수표가 든 봉투를 나에게 내밀었다. 그리고 나에게 이렇게 말을 했다.

"자, 이 돈 100만 달러는 이제 내 돈이오. 내 돈이니까 내 돈을 가지고 당신 회사와 거래를 하고 싶소. 지금 당장 이 돈의 값어치만큼 총을 가져오시오. 난 돈보다는 총으로 받았으면 하는데, 당신이 그렇게 해주리라 믿소."

나는 왠지 모를 의아함에 눈이 크게 떠졌다.

"당신이 나에게 준 이 100만 달러는 내 돈도, 그렇다고 당신의 돈도 아니오. 이 돈은 지금 내 형제, 내 자식들이 천리타향에서 그리고 저 멀리 월남에서 피를 흘리며 싸우고 있는 내 아들의 땀과 피와 바꾼 것이오. 그런 돈을 어찌 한 나라의 아버지로서 내 배를 채우는데 사용을 할 수가 있겠소? 이 돈은 다시 가져가시오. 그 대신 이 돈만큼 총을 우리에게 주시오."

나는 낯선 나라의 대통령에게 왠지 모를 존경심을 느끼게 되었다. 그리고 그에게 자신 있게 말할 수 있는 용기를 얻게 되었다. 나는 일어서서 그에게 말했다.

"네. 잘 알았습니다, 각하. 반드시 100만 달러의 소총을 더 보내드리도록 하겠습니다."

그제야 나는 방금 전과는 사뭇 다른 그의 웃음을 보았다. 한 나라의 대통령이 아닌 한 아버지의 웃음을, 그렇게 그에게는 한 국의 국민들이 자신의 형제들이요, 자식들이라고 느끼고 있음을 보았다.

집무실을 떠나면서 다시 한 번 돌아 본 나의 눈에는 손수 에어컨을 끄는 작지만 그러나 너무나도 크게 보이는 참다운 한 나라의 대통령을 보았다.

– 심프슨의 글

부패하지 않은 지도자가 있을 때 그 나라는 안정을 이루며 강력한 성장과 발전을 이룬다는 진리를 오늘을 살아가는 우리들에게 일러주고 있는 얘기이다.

1960년대에 우리보다도 10배는 잘 살던 필리핀이 오늘날 우리보다 20배나 못사는 나라로 살고 있는 것은 단적으로 지도자가 부패한 사람이냐, 아니냐를 가늠해 보는 좋은 예라 하겠다.

겨레와 민족은 적당한 용기를 보이거나 적당히 용감한 자나 적당히 부패한 지도자를 원치 않는다.

그 시대에 국민들은 가난했지만 박정희를 믿고 따랐다.

박정희는 때에 자신의 자리를 위하여 국민들에게 거짓 선동을 하지 않았고, 그는 스스로 사욕을 차리거나 부패하지도 않았고, 민족의 역사를 되돌리지도 않았고 오로지 민족중흥의 역사를 사명으로 알고 이 땅의 모든 이들을 위하여 이 강산의 구석구석을 몸소 누비며 황소처럼 묵묵히 일하였다.

　이 땅을 새롭게 일군 영웅인 박정희는 웃음도 눈물도 한 마디의 말도 남기지 않은 채 역사의 장으로 물러났으나, 그가 새겨놓은 민족중흥의 역사는 결코 멈추어서는 안 될 것이다.

　민족중흥의 역사적 사명을 안고 일을 했던 박정희 대통령이 가시고 한 세대의 세월이 지나갔다.

　박 대통령과 우리 민족에게 부여된 한 세대(30년)의 발전을 다 못 채우고(18년) 갔기에 남은 시간만큼은 누군가가 나서서 일을 해야 할 텐데, 과연 어떤 영웅이 나타나 끌고 갈까?

　분명 때는 익어 가는데….

제4장

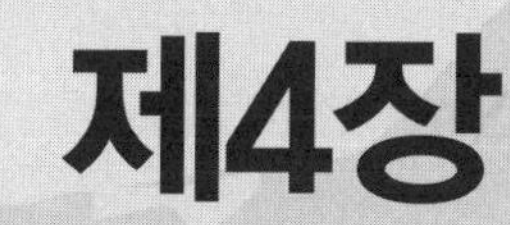

정주영
(1915~2001)

– 세계시장에
한류의 씨를 뿌리다

'한류'의 씨를 퍼뜨린 88서울올림픽

가끔씩 접하는 전파매체인 TV를 보면서 참 세상은 많은 것들이 빠르게 변하고 있다는 느낌이 든다. 급히 변하는 세상을 보면서 '산 속에 살고 있기에 그럴까?' 하는 생각도 해보지만 사람들을 만나 얘기를 들어봐도 세상은 하루가 다르게 발전하며 변해간다고들 한다.

'韓流(한류)'라는 말을 들은 지가 20년도 더 된 듯한데, 방송가의 연예인들이나 스포츠에 국한된 것이려니 했는데 근자의 한류 바람은 전반적으로 우리의 생활 자체가 문화가 되어 세계인들의 호응 속에 멀리까지 불어대고 있는 것을 볼 수가 있다.

문화가 상품이 된 시대에 한류 바람이 여러 나라의 안방을 차지하고 많은 이국의 젊은이들이 한류에 심취되어 가는 것을 보면서 새삼 조상의 얼과 혼이 깃든 문화에 애착과 관심이 가는 것은 비단 山僧(산승)만의 얘기는 아닐 것이다.

꽃을 보면 누구나 아름다움에 취하고 향기에 취하며 좋아한다.

그러나 꽃을 보려면 누군가 씨를 뿌리고 싹을 틔어서 보살피며 가꾸어야 볼 수 있는 것이다. 우리의 한류 바람도 누군가 씨를 뿌리고 가꾸었기에 얻은 결과이다.

세상 만물의 변화는 사람들의 크고 작은 생각에서 시작된다. 내리는 빗물이 모여 작은 물줄기가 되고, 작은 물줄기들이 모여서 川(내)를 이루며, 내는 강으로 흘러들어서 넓은 바다를 만드는 것처럼 자연에 존재하는 모든 것은 작은 동기와 계기가 모여서 바람을 만들어 가며 불어대는 것이다.

한류라는 말은 우리나라가 88올림픽을 치루면서 세계의 모든 나라가 한국을 알게 되는 계기가 되면서부터 시작되었다고들 한다.

1981년 5월의 어느 날, 문교부 체육국의 국장이 정주영을 찾아와서 '올림픽 유치 민간추진위원장'이라 프린트된 임명장을 전한다. 사전에 어떤 통고도 없었던 터라 임명장을 받아든 정주영은 순간 몸에 한기를 느낀다.

차를 마시며 누구의 제안이었냐고 물어보니 문교부장관의 제안이었다고 말했다.

무에서 유를 창조하고 강인한 추진력과 탁월한 기지로 현대를 세계적인 기업으로 키운 저력과 해외에서 갖가지의 신화를 남기며 한국 기업의 위상을 높인 능력을 높이 평가해 결정을 하였다는 것이었다. 달콤한 겉치레의 말 속에는 나라의 형편으로는 올림픽을 유치하기가 어려우니 나라 대신 개인의 자격으로 '망신을 당해도 정주영 네가 당하라'는 것이 아닌가?

올림픽 유치는 대한민국이 육칠십 년대의 기적과도 같은 경제성장에 힘입어 국력의 과시와 개발도상국에서 선진국의 대열로 들어선다는 표시였다. 동북아와 한반도에 평화를 정착시키고 분단 상황에서 공산권과 비동맹 외교관계의 수립으로 국제적인 행사를 치르며 국민들의 결집력을 유도하려는 시대적인 배경이 있었다.

박정희 대통령의 야심찬 의지에서 1979년 5월 올림픽을 유치하겠다는 정부 방침의 발표로 시작을 하였으나, 그해 박 대통령의 서거와 정권을 장악한 군부의 권력다툼으로 1980년 5·18 항쟁의 소용돌이 속에서, 국민들은 극도로 불안한 정정에 위축되어 긴장 속에서 숨죽이고 살아야만 했다.

올림픽 유치 가능성 8%에서

올림픽을 유치하자는 대다수 국민들의 열망과는 달리, 올림픽을 유치하여 치르면 경제가 파탄이 나서 국가가 망한다는 반대론자들의 목소리도 만만찮게 높았다,

당시 총리는 올림픽 유치를 반대하는 반대론자였다. 우리가

거국적으로 나서서 유치활동을 해도 일본(나고야)을 제치는 것은 불가능하며 만의 하나 유치에 성공을 한다 해도 외국에서 돈을 빌려와야 하는데, 그 돈이 만만치가 않아 경제가 파탄 나고 나라가 빚더미에 올라 망한다는 지론을 갖고 있었다.

정부 행정의 盲長(수장)이 반대론과 망국론을 내세우고 있는 입장이라, 국무위원들도 올림픽 유치에 반대의사를 표명했다. 각 부의 장·차관, 국장들은 윗분들이 반대하는 입장이라 올림픽 유치에 소신껏 행정을 제대로 처리할 리 만무했다.

주무부서인 문교부만 골치 아픈 일이 되었다. 당시 문교부장관은 올림픽 유치 개최 결정의 시일이 촉박하게 다가오자 올림픽 유치 관계 장관회의를 열어서 일본(나고야)과의 표 대결에서 정부가 망신을 당하지 않는 방안으로 유치 추진위원장을 민간 경제인에게 맡긴다는 유례가 없는 결정을 한다.

당시 경제인연합회 회장인 정주영은 민간 경제인들의 대표로서 '아!' 소리도 못하고 올림픽 유치위원장직을 떠안게 되었다. 나라(정부)가 못하는 일을 백성이 해주기를 바라면서 나라가 망신을 피하려고 백성을 욕된 길로 내모는 일이었으며, 나라가 떳떳하지 못하면서 백성에게 떳떳하기를 바라는 주문이었다. 그러나 때의 세상은 그랬다.

올림픽을 유치하라는 나라의 명령을 넘겨받은 정주영은 손으로 머리와 얼굴을 쓸어내리며 "한번 해보지!" 하며 받아들였다. 모두가 불가능하다는 올림픽을 유치하는데 혼신의 힘을 기울인다.

올림픽의 유치는 정부조차도 감당하지 못하여 정주영에게 나라 대신 적당히 망신당하라고 던져준 것이었다. 그런데 그것을 해낸 것이다.

올림픽을 유치하여 치르면 나라가 망한다는 망국론과 반대론을 뒤엎었다. 일본(나고야)과 붙어봐야 질 것이라는 생각과 모두들 해봐야 안 될 것이라는 패배의식을 한꺼번에 날려버린 쾌거였다.

총리가 올림픽 망국론을 표명하였기에 윗사람의 눈치 보기에 급급했을 것이니 정부가 진정 올림픽 유치를 위하여 얼마나 일을 도왔는가를 생각해볼 필요도 없을 것이다. 아마 5%의 확률도, 조금 더 생각해서 10%의 확률도 없다는 생각이 지배적이었다. 절대 불가능하다고들 생각했던 일을 해낸 것이다. 누가? 英雄(영웅)이!

올림픽 유치로 인하여 우리 문화가 세계에 알려지고 한류 바람이 일어나는 계기가 되었으며, 이 땅의 모든 사람들이 한류(문화)의 혜택을 누리고 있음을 감안하면 불가능하리라던 올림픽을 유치한 정주영에게 '영웅'이라고 칭하는 것이 마땅하리라. 그는 망국론과 반대론이 팽팽한 가운데 올림픽을 유치하기 위해서 얼마나 많은 고생이 있었으며, 얼마의 경비가 들었다는 얘기조차도 한 마디 하지 않았다. 민족의 부름에 응하여 당당히 답을 하였고, 유치한 올림픽을 위하여 자신의 재산을 내놓아 많은 선수들이나 임원진들의 활동을 도왔다.

하면 된다! – 신념으로 유치 성공

그 후로도 정주영은 자신이 키운 소떼를 몰고 고향을 찾아가면서 남북의 정국에 긴장을 완화시키는 일을 했다. 농부의 자식으로 태어났기에 사업상 별로 재미가 없는 것을 감수하면서 바다를 막아 땅을 만들었고, 새로 일군 땅에서 농사를 지었다.

"영웅아, 때의 英雄(영웅)들이 갖고 있는 공통점을 아는 대로 말해 보아라."

"예. 대의와 명분에 충실하여 조국의 부름에 응하여도 자신을 드러내지 않으며, 그 땅의 백성들에게 확실한 이익(먹을거리)을 남겨주며, 공과를 바라지도 않으며, 크든 작든 백성들과 함께 담담히 일을 합니다."

"그렇지! 영웅은 자신을 알아달라고 선동하지도 않고, 스스로 부패하지 않으며, 항상 맑고 밝게 사는 사람이니라."

언젠가 지인들이 놀러와 얘기를 나누다가 그에게 '정주영이 시대의 영웅'이라는 얘기를 했다.

"아니, 스님. 돈을 많이 번 사람이라서 영웅이라고 합니까?"

지인이 반문을 한다.

"돈을 많이 벌어 영웅이라고 하는 것이 아닙니다. 나라도 유치하지 못하는 올림픽을 유치하였기에 영웅이라고 하는 거지요. 누구라도 영웅이 되지 말라는 법은 없을 것입니다. 돈을 아무리 많이 가지고 있어도 대의와 명분에 돈을 쓰지 않으면 영웅이라고는 할 수가 없겠지요."

이 말에 까다로운 지인도 고개를 끄덕이며 수긍을 했다.

정주영은 올림픽을 치르면서 한류가 일어나 우리 문화를 세계에 알리는 계기를 만들었기에 영웅이다.

삶의 방편으로 적당히 시류에 편승하거나 적당히 용기 있는 척하는 사람들도 많다.

세상에 남들이 불가능하다는 일에 뛰어들어 '하면 된다'는 신념으로 일을 성사해 내는 사람을 만나는 것은 쉽지 않다. 영웅이란 조국의 부름에 때의 일을 해낸 사람을 말한다.

정주영이 행한 갖가지의 일들을 들여다보면 일반적인 생각의 사람들이 보면 미친 짓이거나 불가능한 일로 보이는 일들을 가능한 일로 만들어 낸 것들이 많다. 세상에 공짜가 어디 있겠는가? 이 땅에 살고 있는 우리 모두에게 확실한 족적(이익)을 남겼기에 그를 영웅으로 대접해야 마땅하리라.

한류는 우수한 한국 문화의 잠재력

자연이 때가 되면 변하듯 세상의 모든 것은 변하며 사람들이 살아가는 형태도 때에 따라 달라진다.

전파(영상)매체의 발달은 어디까지 진화할 것인지 예측을 할 수가 없으니 가히 신의 경지에 도달한 느낌이 든다. 일상에서 컴퓨터나 TV를 듣고 보노라면 심심찮게 접하는 韓流(한류)열풍이라는 말을 듣게 된다. 우리의 문화를 주변국들이나 세계인들이 즐겨 보고 찾는다니 듣고만 있어도 기분이 우쭐해진다. 방에 앉아서도, 서서도, 누워서도 기분이 좋다. 어쩔 때엔 밥을 안 먹어도 배가 부른 듯하다.

韓流(한류)라는 말을 처음 들을 때만 해도 가까운 나라인 일본이나 중국에서 지리적으로 가까워서 우리를 흉내 내며 잠시 유행하는 정도려니 했는데, 세월이 지나면서 아시아를 넘어 다른 대륙으로 한류의 문화가 진출하고 있는 것을 보면 우리 문화에 대한 우수성을 세계인들이 새롭게 발견하여 인식하고 있는 것이라 여겨진다.

물이 높은 곳에서 낮은 곳으로 흐르듯 문화는 다른 지역에 영향을 주어 새로운 문화를 만들어낸다. 그리고 더 낮고 더 넓은 곳으로 흘러가서 모이며, 또 모인 그곳에서 새로운 문화를 만들어 내며, 세월 따라 자연히 변하고 변하며 물이 흐르듯 변해간다.

다른 문화를 받아들이는 것은 자신들에게 없는 그 무엇이 있기 때문이며, 자신들의 꿈과 희망을 우수한 문화에서 발견했기 때문이리라.

한류가 알듯 모를 듯 잔잔하게 일어나 20여 년의 세월이 흐르는 동안 많은 이들의 열정과 노력이 더해지며 점차 열풍이 되어 세계 구석구석을 채우고 있다. 우리 일상이 어느 장르에 치우침 없이 넘나들며 많은 한류 스타들을 만들어 내고 있다. 우리의 문화가 경제적 부가가치를 창출하기에 이 열풍의 불씨가 오래 지속되도록 세심한 관심과 배려가 있어야 할 것이다.

꽃을 보려면 누군가 씨를 뿌리고 싹을 틔어 보살피며 가꾸어야 한다. 때가 이르러 꽃을 보고 즐기는 것처럼 한류도 누군가 씨를 뿌리고 가꾸었기에 지금의 열매가 있는 것임을 알아야 하겠다.

사람들의 생각에서 세상의 변화가 시작된다. 내리는 빗물이 모여 작은 물줄기가 되고, 작은 물줄기들이 모여서 川(내)를 만들고, 냇물은 강으로 흘러서 넓은 바다를 가듯 자연에 존재하는 모든 것은 서로 가까워지고, 알아가려고 하는 것이 한류의 근원이라고 할 것이다.

88서울올림픽이 내린 한류의 싹

민족이나 국가가 땅에 경계를 정하고 서로 뒤엉키거나 자연에 순응하며, 주어진 땅을 일구고 가꾸면서 만든 역사와 전통을 문화라고 한다.

우리의 일상이 바로 우리의 문화일지니 그곳에는 역사와 전통이 있고, 그것은 다시 문화가 된다. 한민족의 문화는 그 나름의 특색이 있고 고유의 성질이 있다. 이는 민족마다 자연이 다르고 조상과 역사가 다르기 때문이다.

수천 년을 이어온 이 땅의 역사 속에서 지금처럼 자유스럽고 문화를 즐길 수 있음은 때가 익어가고 있기 때문이라고 여겨진다.

불과 반세기 전만 해도 먹고 살아가는 것조차 힘이 들어 문화나 예술은 배고픈 일(직업)로 치부하였고, 사회적인 냉대도 심했다. 그러나 민족중흥의 역사적 사명을 부르짖으며 경제발전을 이룩해낸 지도자(영웅)를 만나서 잘사는 나라를 만들게 되었다. 세계에서 유래가 없는 고속성장을 이룬 덕에 그 힘으로 문화, 예술과 스포츠가 부흥기를 맞고 있다. 튼튼한 경제가 뒷받침되어야 대중화를 이루고 상업화가 되는 것이 문화의 특성인데, 때맞춰 우리가 이룩한 경제성장의 발전이 있었기에 문화의 대중화가 가능한 일이 되었다.

"영웅아, 요즘에 젊은이들이 좋아하고 선호하는 직업은 어떤 분야냐?"

"예. 젊은이들은 노는 듯 일하는 듯, 한 분야를 선호하는 것 같습니다. 특히 문화, 예술분야나 스포츠분야를 우선으로 꼽는 것 같습니다."

"그래! 예전 같으면 배고픈 직업이라고 주위에서 하지 말라고 말렸는데…."

"스님, 그런 말씀 하지도 마세요. 요즘엔 영화나 연극, 오페라 등의 작품을 위하여 가수나 배우를 공개적으로 뽑겠다고 공모를 하면 엄청나게 신청자들이 몰리는데, 몇 백대 몇 천대 일의 비율로 뽑히는 경우도 많아요. 요즘 대세는 문화와 예술, 스포츠분야인 것 같습니다."

"그건 그래. 요즘엔 어린아이들도 말만 할 줄 알면 연예인을 만들어야 한다고들 젊은 부모들이 난리를 피우고 있는 실정이

거든요."

"야! 뒤통수 무얼 안다고 끼어드냐?"

"하긴, 세상이 변해도 많이도 변한 것 같구나."

일본과는 60년대에 수교로 서로 길이 터졌고, 좀체 빗장이 풀릴 것 같지 않던 중국이 문을 열었고, 동남아의 여러 나라와도 자유로운 소통이 가능해졌다. 여러 나라와 접하면서 자연스럽게 그들이 우리의 문화를 수용하면서 서서히 한류가 일어나게 되었다. 외국에서 우리 문화를 총칭하는 한류는 우리나라가 88올림픽을 치르는 것이 계기가 되어 시작되었다. 서로 만나서 대화를 나눈다면 더 잘 알 수가 있어서 88올림픽은 그런 만남과 대화의 장이 되었다. 세계인들이 자연스럽게 우리나라를 방문하여 우리 문화를 새롭게 접하게 된 것이다.

하늘을 나는 새를 보라. 새라고 다 하늘을 날 수 있는 것은 아니다. 어미가 극진한 정성으로 품어 알에서 깨어나야 새들은 세상을 보게 된다. 그러나 세상을 봤다고 새끼들이 하루아침에 하늘을 날아다닐 수는 없는 것이다. 어미의 꾸준한 정성으로 혹독한 계절의 변화를 이겨내고, 스스로 날갯짓을 배우고 익혀야만 비로소 땅을 박차고 하늘에 올라 여유로운 날갯짓을 할 수가 있는 것이다.

모든 일엔 때가 있으며 모자람도, 넘침도, 가난도, 부유함도, 예쁘고, 추함도 때가 결정하는 것이다. 사람조차도 자연이 받아주지 않으면 자연의 존재물이 될 수가 없다. 꽃도 모진 자연의 혹독함을 이겨내었기에 꽃을 피워 내는 것이다. 설령 꽃이 피었다고 해서 모든 꽃들이 다 열매를 맺는다는 것은 더더구나 아니니 이것이 자연이 하는 일이다. 때에 일어난 문화의 바람, 한류 열풍에는 씨를 심고 싹을 틔우는 일에 누군가 정성을 들인 것임을 알아야 하겠다.

나라 망신 대용품으로 떠넘겨진 올림픽 유치

1981년, 국보위 위원장이 우리나라의 IOC위원을 불러서 올림픽 유치에 대한 대화를 나누었다.

"우리가 올림픽을 치르려면 세계 IOC위원들의 지지가 있어야 하는데, 위원께서는 과연 우리를 지지하는 IOC위원이 얼마나 될 것 같소?"

국보위 위원장이 솔직한 답변을 듣고 싶다면서 질문을 했다.

심각하게 물어오는 위원장에게 IOC위원은 손가락 4개를 겨우 펴 보이며 입을 연다.

"올림픽 유치는 절대 비관적입니다. 우리 표 하나, 미국 표 하나, 대만 표 하나, 영국이 한 표 정도. 그래서 4표입니다."

IOC위원은 손가락 4개를 펴 보이며 자신의 의중을 털어놓았다.

"으음!"

국보위 위원장의 입에서는 신음소리가 나왔다.

"4표라! 40표를 얻어도 불리한 싸움에 4표라니. 그렇다면 올림픽을 유치하겠다는 생각은 불가능한 것으로 봐야겠구만."

국보위 위원장은 올림픽 유치가 불가능하다는 쪽으로 가닥을 잡았다.

'올림픽을 유치하겠다고 공언한 나라가 올림픽을 유치하지 못하면 나라 망신 아닌가?'

국가에 충성을 생명으로 알고 살아온 국보위 위원장에게는 이 일의 수습에 고민을 하게 된다.

"영웅아, 올림픽 유치를 누가 처음 말을 꺼냈는지 아느냐?"

"예. 올림픽을 유치하자고 한 것은 칠십 년대 일입니다. 기적 같은 경제성장에 힘입어 개발도상국에서 선진국의 대열에 들어서는 관문이라는 생각에 올림픽을 유치해야겠다는 박정희 대통령의 발상에서 시작이 됩니다. 올림픽 유치는 동북아와 한반도의 평화를 정착시키고, 공산권과 비동맹국가와 외교관계를 수립하고, 국제적인 행사를 치르며 국민들의 결집력을 유도하는 데에 많은 도움이 된다는 시대적 배경과 필요성이 있었습니다. 그래서 1979년 5월 올림픽을 유치하겠다는 박정희 대통령의 발표가 있었지요."

세상에 일어나는 모든 일들은 때가 되어야만 일어나게 되어 있다. 사람들이 미처 알지 못할 뿐 모든 일들은 때의 일인데도 다만 사람들이 모르고 있을 뿐이다.

불가능한 올림픽 유치는 주무부서인 문교부엔 골치 아픈 일이었다. 당시에 문교부장관이 올림픽 유치 개최 결정의 시일이 임박해 오자, 올림픽 유치 관계 장관회의를 열었다. 일본(나고야)과의 표 대결은 해보나마나 뻔한 것이므로 정부가 망신을 당하지 않는 방안으로 올림픽 유치 추진위원장을 민간 경제인에게 맡긴다는 유례가 없는 결정을 한다.

올림픽은 그 나라의 이름과 개최지(수도)의 명칭을 걸고 관할 시장이 유치위원장을 맡게 되는 것이 상례라는데, 모든 것을 뚝 잘라먹고 민간 경제인에게 맡긴 것이다.

당시 경제인연합회 회장이던 정주영은 민간 경제인 대표로서 본인의 의사와는 상관없이 올림픽 유치위원장직을 떠안게 되었다. 나라 대신 망신 대용품으로….

뜨거운 감자를 안고 전력 추구

88올림픽 유치 추진위원장이 된 정주영은 대체적으로 정부의 부정적인 시각과 분위기는 알고 있었다. 그래도 대책을 논의하기 위해 관련인사들을 모아 첫 회의를 갖는다.

올림픽 추진위원장 밑에는 각 부의 장관들과 서울시장, IOC 위원이 추진위원으로 들어 있었다. 첫 회의에 참석한 사람은 담당부서인 문교부장관과 서울시의 국장 한 사람이었다.

당연히 참석을 해야 하는 장관들과 IOC위원들은 코빼기도 내비치지 않았다. 한마디로 썰렁했다.

때가 5월이니 9월 20일부터 바덴바덴에서 열리는 올림픽 유치 활동에 필요한 홍보영화나 책자를 준비하는 것이 급했다. 그러나 참석한 서울시 국장은 올림픽 유치를 위한 홍보예산이 없다고 한다. 안될 일이라고 생각했으니 전혀 준비가 없었던 것이다.

문제는 서울시가 정부에 특별예산을 신청하더라도 총리가 문제였다. 올림픽을 치르면 경제가 파탄난다고 주장하는 총리가 신속하게 결재를 할 가능성이 없었다.

결국 정주영은 내년도 서울시 예산에서 돌려받기로 하고 우선 자신의 돈을 썼다. 홍보영화와 책자 시설물들을 만들기로 하며 올림픽 유치를 향한 발걸음을 내딛는다.

"장관님, 회의에 불참한 국무위원들이 협조를 할 것 같습니까?"

정주영이 참석한 문교부장관에게 물었다.

"대통령의 특별지시가 있었습니다. 안기부장이 적극적으로 지원하겠다는 약속도 받았습니다."

문교부장관의 대답은 좋았지만 문제는 그게 아니었다.

올림픽을 치르려면 8천억 원 정도의 경비가 소요될 것으로 예측되었다. 당시 우리나라의 경제적 형편으로는 크게 부담이 되는 액수였고, 이미 올림픽을 치른 캐나다가 막대한 적자였다는 것이 알려진 터였다. 이 때문에 올림픽 유치에 반대하는 이들이 많은 상황이었다.

그러나 정주영은 모든 일이란 계획과 실천에 따라 달라진다고 믿고 있었다. 적자가 나도록 계획했기 때문에 적자를 내는 것이고 국가 재정이 파탄 나는 것이며, 주어진 형편에 따라 계획을 세운다면 흑자 올림픽도 치를 수가 있다는 생각을 한다.

경기장이나 숙소는 각 도시에 있는 경기장을 규격에 맞게 개수해서 활용하고, 선수촌은 좋은 곳에 부지를 정하여 민간 자본을 끌어들여 아파트를 만들어 올림픽을 치르고 입주하는 조건이면 해결될 것이라고 생각했다. 프레스센터는 한전이 새 빌딩을 지을 예정이었는데, 그 예산으로 빌딩을 지어 올림픽 기간에 사용을 하고 난 뒤에 한전이 사용을 하면 될 것이라는 구상을 했다.

예나 지금이나 돈 들어가는 일이나 될지 안 될지 모르는 일은 피하고 보는 것이 인지상정이니 피하는 이들을 탓할 수는 없는 일이다. 그런데 그런 이들을 동원하는 일에 당시의 안기부장의 힘이 실제로 컸다.

정주영은 자신의 회사에서 파견되어 각국에 상주하는 직원들에게 그 나라의 기업인들을 통하여 IOC위원을 접촉하도록 했으며, 자신도 해외를 돌면서 IOC위원들을 만나 우리나라를 알리며 우리에게 표를 행사해 주도록 설득하였다.

올림픽 유치를 위한 결전의 날(9월 20일)이 다가오자 세계의 매스컴에서는 일방적으로 일본의 나고야가 우세하다고 점을 치는 상황이었다. 우리는 유치가 안 될 것은 뻔하지만 '소가 뒷걸음질을 치다가도 재수가 좋으면 쥐를 잡는다' 는 속담에 의지하여 한 가닥의 희망을 걸고 있는 형편이었다.

그러나 정주영은 누구에게도 내놓고 말을 하지 않았지만, 속으로는 코웃음을 치고 있었다. 그동안 자신이 할 수 있는 일들을 *淡淡*(담담)하게 수행했던 터라 올림픽 유치를 확신한다.

아! 은자의 나라 '세울 코레아'

출발에 앞서 정주영은 현대의 프랑크푸르트 지점에 관련국과의 로비와 각종 지원에 대하여 만반의 준비를 하라는 전문을 띄운다. 자신은 유럽을 돌아서 바덴바덴에 들어가기로 했다. 영국의 올림픽위원장을 만나고, 벨기에서 韓(한) · EU 심포지엄에 참석하고, 황태자와 만찬을 했다. 올림픽 유치와 관련한 유럽 순방 로비를 마치고 바덴바덴에 도착한 것은 20일이었다.

회사에서 임대한 저택에는 지점의 전 직원과 그의 부인들, 현지의 동포들이 모두 하나가 되어 준비를 마치고 기다리고 있었다. 정주영은 철저히 입수한 사전 정보를 분석하여 행동했다. 개별 로비활동에 필요한 제반 경비의 지원과 치밀한 사후 관리 및 일일점검 등 자신이 해온 해외 공사의 수주 전략과 같은 수준으로 득표 전략을 수립한다. 그러나 각국의 IOC위원들을 대상으로 교섭에 나서야 할 우리 IOC위원과 서울시장은 20일이 되어도 행사장에 모습을 나타내지 않았다.

급히 수소문하여 찾아보니 서울시장은 부인과 함께 나들이를 나온 것처럼 프랑스의 파리에 머물고 있었다. 그리고 우리의 IOC위원도 23일에야 행사장에 얼굴을 나타냈고, 서울시장은 24일에야 모습을 보였다.

뒤늦게 도착한 우리 IOC위원은 대표단의 열성과 봉사에 찬물을 끼얹는 말을 스스럼없이 내뱉었다. 우리는 세 표밖에 못 얻을 것이며 자신의 1표, 대만의 1표, 미국의 1표라는 것이었다.

일본측은 나고야시장과 IOC위원이 행사 이틀 전인 18일에 도착해 유치를 위한 왕성한 활동을 하고 있었다. 나고야시에서는 IOC위원과 부인들에게도 일제 최고급 손목시계를 선물로 나눠주었다.

정주영은 발상을 달리했다. 우리 IOC위원의 이름으로 각국 IOC위원들에게 꽃바구니를 보내자고 한 것이다. 그러나 정작 우리 IOC위원은 펄쩍 뛰면서 완강히 거부를 했다. 이유는 대등한 IOC위원들에게 자신의 체면이 깎이는 짓이라고 것이었다. 어쩔 수 없이 정주영 올림픽 유치 위원장 이름으로 꽃바구니를 각국의 IOC위원들에게 전달하였다. IOC위원의 얼굴이 나라의 체면보다 더 크고 위에 있었던 셈이다.

꽃바구니 선물을 받은 각국의 IOC위원들은 이어지는 회의를 하면서도 잠깐씩 로비에서 만나면 한국인의 꽃바구니 선물에 대하여 감사를 표했다. 역시 선물은 값비싼 것보다는 마음과 정성이 담긴 부담 없는 선물이 마음을 움직이는 것 같다.

최종 발표 전날 각국 기자단들이 모여서 모의 투표를 했다. 투표결과는 나고야시가 서울시에 6:4로 우세하다는 것으로 나왔고, 일본은 본국에서 준비해온 샴페인을 미리 터트리며 자축을 했다.

9월 30일 오후 4시, 장미꽃향기에 취한 소리인가? 사마란치 IOC위원장의 목소리가 전 세계에 전파를 탔다. "쎄울 꼬레아!" 행사장에 있던 사람들은 기쁨에 얼싸안으며 눈물을 흘렸다. 한반도 역시 들썩였다.

6·25전쟁을 치른 나라로 분단국 정도로만 알고 있었던 한국이 일본을 제치고 올림픽을 유치하자 세계인들은 놀라움을 금치 못했다. 일본을 누른 쾌거였다. 정주영이 예상했던 46표보다 6표나 추가되어 52표를 얻었다.

그동안 선진국에 비해 상대적으로 위축되어 있는 중동이나 아프리카 등 저개발국가의 IOC위원들에게도 겸허하고 성심으로 우리나라를 소개하고, 후진국도 언젠가는 올림픽을 개최할 수가 있다는 희망을 북돋아주며 호의적으로 그들을 대했던 것이 주효했다. 현대의 이미지도 나쁘지가 않았다. 그들은 일개의 사업가로서도 일을 맡으면 신용과 책임을 지키는데, 국가(한국)가 책임을 지는 올림픽이니 전혀 걱정할 필요가 없다고 말했다. 현대가 지켜온 신용과 책임을 강조한 것이 우리에게

표를 행사하도록 하는 데 많은 도움이 되었다.

사마란치 IOC위원장이 외친 "쎄울 꼬레아!" 한 마디가 동방에 숨은 은자의 나라이자 유구한 수천 년을 이어온 문화민족인 대한민국의 태동을 세계에 알리는 신호탄이 되었으나, 당시에는 누구도 예상하지 못했을 것이다.

고요한 아침의 나라에서 경제를 기반으로 문화의 바람을 만들어가는 시작점이었다. 오랜 문화와 역사의 힘이 보태지면서 한류의 바람은 열풍으로 바뀌어 갈 준비를 하고 있었던 것이다.

일본을 이길 수가 없다고 생각해 나라의 망신을 조금 면해 보려고 정주영에게 던지듯 줬던 일인데, 정주영은 해내고 말았다. 영웅이란 때의 일을 훌륭하게 해낸 사람이다. 정주영이 아니라면 그런 상황에서 누가 올림픽을 유치할 수가 있었겠는가?

영웅은 몸을 드러내기 전에는 일반 범부의 삶을 살지만, 몸을 드러내면 범부의 탈을 벗고 공인의 삶을 살아간다. 정주영도 88올림픽 이후 그의 삶이나 행적은 공인의 그것이었다.

곰은 재주만 부릴 뿐

"영웅아, 때의 영웅들과 정주영과는 어떤 공통점이 있는지 아는 대로 말을 해 보아라."

"예. 나라가 올림픽을 유치할 수가 없어서 나라가 세계 여러

나라들에게 당할 망신을 덜어보려 했을 때 대의와 명분을 중시하여 조국의 부름에 응하여 기적처럼 올림픽을 유치했습니다. 이는 자신을 드러내지 않으며, 이 땅의 모든 이에게 확실한 이익(먹을거리)을 남겼다고 봅니다. 그렇게 큰일을 하고서도 공과를 바라지도 않았고, 자신이 해야 할 일을 알아서 담담하게 일을 한 것은 대인의 행동입니다."

"그래, 옳은 얘기다. 더구나 알아달라고 선동하지도 않고, 스스로 부패하지도 않았고, 지위를 바라지도 않았던 것을 보면 영웅이 확실하구나. 올림픽을 유치하면서 얼마나 많은 고생을 했으며, 얼마나 많은 경비가 들었겠냐? 그러나 한 마디도 하지 않은 걸로 보면 대인의 면모가 아니겠느냐?"

올림픽 유치는 정주영이 아니었다면 감히 누구도 생각 못하는 일이었다. 정주영이 기업을 운영하면서 신용과 책임 있는 행동을 보여주었기에 이룰 수가 있었다. 올림픽을 유치한 다음 해인 1982년 7월 대통령은 정주영을 대한체육회 회장에 임명한다. 정주영은 대통령과의 면담에서 체육에 대해서는 아는 것이 없어서 할 의사가 없다는 요지의 사양의사를 밝혔다.

그러나 대통령이 극구 권했다.

"아니! 정회장, 대한체육회장 자리가 낮아서 안 하겠다는 겁니까?"

"각하! 나라는 사람은 평생 자리가 높고 낮은 것에 대하여 생각하면서 세상을 산 적이 없습니다. 내가 할 수 있을 때 일

을 맡고, 맡은 일은 남들보다 잘 할 수가 없으면 맡지도 않습
니다. 때문에 회원들이 그렇게 권해도 대한건설협회 회장도
끝내 안 맡았습니다. 건설을 이곳저곳 해야 할 일이 많은데,
건설협회 회장이 되면 공직을 이용한다는 뒷소리 듣기가 싫어
서였습니다.”

“정 사장, 내가 결정을 내린 일이니 1년만 수고해 주세요.”

“그럼 딱 1년만 하겠습니다.”

정주영은 대통령의 강권에 1년이라는 단서를 달고 체육회장
직을 맡았다.

1년만 하겠다고 맡았던 체육회장직은 LA올림픽 때문에 좀
더 앉아 있었으나, 올림픽이 있던 해인 1984년 9월 30일 체육
부 차관이 해임 통보를 전해 왔다. 88올림픽 위원장직에서도
자연스럽게 해임되었다.

그러나 1981년 11월에 맡은 올림픽 조직위원회 부위원장직
은 계속했다.

항상 자리나 지위에 연연하지 않았던 정주영은 자신의 일을
묵묵히 해냈다.

올림픽 조직위원회에 해외 경력이 있는 회사 간부급의 직원
을 파견하여 사무요원으로 근무케 하였고, 한강의 치수정비 사
업으로 한강변의 기적을 준비했다. 또 올림픽 관련정보 처리
및 전시물을 기증하였으며, 양궁협회를 지원하여 다수의 메달
을 획득하는 데 기여하였다.

88서울올림픽 공식 자동차 공급업체로서 차량을 무상으로

공급했고, 해외 유력인사들을 초청하여 산업체를 견학케 하는 등 우리의 문화를 알리는 일에도 각별한 정성을 기울였다. 그가 유치했던 88올림픽에서 현대는 올림픽의 수익사업이나 시설공사는 하지 않았단다.

올림픽을 성공리에 치른 다음 정주영은 자신의 일을 다 팽개치고 바덴바덴으로 달려가 올림픽 유치를 위해 힘쓴 기업인들에게 미안하고 빚을 진 기분이라는 말을 털어 놓았다.

기업인들이 공을 바라고 일을 도와준 것은 아니나 올림픽을 치르고 나라에서 훈장을 수여할 때 기업인들의 공이 컸는데, 당시 국내에 앉아서 올림픽을 치른 장관들에게 모조리 금탑훈장을 주었기 때문이었다.

기업인으로는 유일하게 금탑훈장을 받은 정주영은 그때에 도움을 준 기업인들에게 늘 마음의 빚을 진 기분이었다고 말을 하였다.

勳章(훈장)은 올림픽을 성공적으로 치른 공으로 수여했다는데 모양새가 좋아보이지는 않았다. 국록을 먹고 사는 장관들은 당연한 일을 한 것이며, 나라에 특별한 공을 세운 것도 아닌데…. 올림픽 유치에 동참하여 열심히 일을 한 기업인들을 배제하고 장관들이 나라의 훈장(금탑)을 받았으니 정말 이상한 사회였다. 정의 복지사회란 사람들이 나라를 이루면서부터 꿈꾸는 이상향일 터. 正義(정의)란 여러 가지의 해석이 있을 것이나 힘(지배력)을 나타내는 말일 수도 있겠다. 아무리 옳아도 힘이 없으면 펼칠 수가 없고, 아무리 간악하고 사악하여도 힘이 있으면 지배하고 누리는 것이 현실이다. 옳은 정의도, 사악한 정의도 때에 제 일을 하고 있을 뿐이니 정의란 정해진 틀이 없고, 때에 발휘하는 힘(지배력)을 얘기하는 것이라 하겠다. 그러니 정의 복지란 꿈이요, 이상일 수밖에 없는 것이다.

실력으로 학력(동경대학)을 이겼다

"해 저문 소양강에 황혼이 지면 외로운 갈대밭에 슬피 우는 두견새야~~

…… 아!~ 아! 그리워서 애만 태우는 소~양~강 처~녀!"

흔히 들어 알고 있는 노래이다. 이 노래의 배경인 소양강에도 정주영의 땀과 혼이 배어있는 것을 아는 사람은 드물다. 1967년 소양강 다목적댐 공사는 수자원개발공사에서 입찰하여 현대가 공사를 따며 건설하게 되었다.

소양강댐은 재원의 일부가 대일 청구권 자금으로 충당하게 되어 있어서 일본공영이 설계에서 기술용역까지 담당했고, 그 회사는 콘크리트 중력댐으로 설계를 하였다.

그러나 2차 세계대전 이후 높이 100m 이상의 댐은 콘크리트 중력댐보다 모래나 자갈로 만드는 사력댐이 훨씬 경제적이며, 안정적이라는 것이 세계 학계의 해석이었다. 댐 건설은 사력댐이 추세라는 것은 불과 얼마 전 프랑스가 설계한 태국의 파숀 댐의 공사를 입찰하면서 알게 된 정보였다.

댐이 들어설 자리를 둘러보자 콘크리트 중력댐은 철근, 시멘트 등 기초자재에서부터 설계비와 기술용역비까지 일본으로 막대한 자금이 흘러들어가게 되어 있었다. 산간벽지까지의 운반에도 막대한 자금이 소요될 것이 뻔했다. 왜 일본공영에서 소양강 다목적댐의 설계에서 시공까지 콘크리트 중력댐을 원하는지 저의가 훤히 들여다보였다.

댐 건설지 주변에는 무진장 모래와 자갈이 널려있었다. 정주영은 서둘러 당국에 사력댐으로 시공을 하면 콘크리트댐보다도 수명이 길고, 비용도 30% 이상을 줄일 수가 있다는 제안을 한다.

정부가 발주한 공사를 건설업체에서 대안을 제시한다는 것은 유례가 없는 일이었다. 정부 관료의 자존심을 건드리는 무모한 일이었다. '그냥 시키는 대로 일이나 하며 벌어먹어라' 고 하는 발주처의 배려를 무시하는 태도였다. 더구나 댐의 건설로는 세계가 인정하는 일본공영의 설계를 뒤집는 일인지라 주무부서와 일본공영의 맹렬한 반발과 빈축을 샀다. 그러나 정보와 판단에 대한 신념이 뚜렷하였기에 물러설 수도 없었다.

그래서 수자원공사와 현대, 일본공영 등 삼자 연석회의를 제시하였다. 회의에서 정주영은 자신이 조사하고 외국의 사례를 들어가며 사력댐의 타당성을 주장, 설득을 시도했다.

그러나 일본공영의 사토 사장은 "정사장, 당신이 댐에 대하여 뭘 안다고 그러시오. 어디서 댐에 대한 공부를 했소? 우리 일본공영은 동경대 출신 집단이며 압록강의 수풍댐 등 세계에 많은 댐을 설계한 회사요. 소학교밖에 안 나온 당신이 댐에 대해서 알면 얼마나 안다고 평지풍파를 만드는 것이오."

사토 사장은 거칠게 나왔다.

"그렇소. 소학교밖에 안 나온 사람이지만 사력댐으로 하면 지방 상수도를 10개나 공사할 수 있는 돈을 절약할 수 있다는 걸 알고 있소."

정주영도 자기의 소신을 말했다.

"그런 얼토당토 않는 말로 괜히 문제를 만들지 마시오."

동경대 출신인 사토 사장으로부터 면박만 당하고 회담은 소득 없이 끝났다.

수자원공사도 정주영에 대해 못마땅해 했다. 수자원의 문제는 자신들의 영역인데 그 영역을 침범하고 있다는 생각들을 하고 있었다. '일본공영에서 설계한 계획을 심사하고 건설부가 승인을 했으면 입찰해서 시공만 할 것이지' 하며 못마땅해 하고 있었다.

건설부나 수자원개발공사에는 당시 S공대 출신이 많았고, 일본공영은 세계적으로 댐에 대하여 권위가 있는 동경대 출신들이 많았다. 당시 동경대 출신의 관료들은 한국의 S대 출신들도 후배나 제자로 생각했고, 한국에서도 동경대 출신들을 알아서 예우를 해주고 있던 시절이었다. 시골 소학교를 나온 무식쟁이가 자신들의 결정을 뒤집어 놓았으니 양쪽 모두의 심기가 불편했던 것이다.

　건설부장관도 일본공영의 콘크리트 중력댐의 안을 밀고 나가려고 박 대통령에게 현대가 내놓은 사력댐 대안을 무시하며 보고했다.

　"현대의 정 사장 말대로 하면 큰일 납니다. 댐을 만드는 도중 물이 반쯤 찼을 때 비가 와서 댐이 무너지면 서울시가 반 이상 물에 잠기고 정권마저 흔들릴 것입니다."

　이 말을 들은 박 대통령의 생각은 달랐다.

　'그렇다면 댐이 무너져 서울이 물바다가 된다면 126m의 콘크리트댐이 완공되었을 때 만약 북한에서 폭격이라도 한다면 어떻게 될까?'

　박정희 대통령은 그 자리에서 지시했다.

　만일의 폭격에도 흙이 푹석하다 말고, 댐이 파괴되지 않는 사력댐이 훨씬 신선한 공법 같으니 사력댐으로의 전환을 검토하라는 것이었다.

　박 대통령은 분단국이기에 항상 북한의 도발과 전시체제를 염두에 두고 있었다. 포병장교 출신이라서 포에 관해 통찰력을 지니고 있었기에 상황을 정확하게 파악한 것이다.

　대통령의 지시가 있자 건설부와 일본공영에서는 정주영이 내놓은 사력댐으로 전환하여 설계할 수밖에 없었다.

　이런 우여곡절을 겪으며 소양강 다목적댐은 당초 예산의 30%를 줄이며 사력댐으로 태어났다.

언젠가 갑자기 배탈이 나서 병원에 누워 있는데, 일본공영의 쿠보타 회장과 하시모토 부사장이 문병을 핑계로 정주영을 찾아왔다.

쿠보타 회장은 일본이 한국을 통치할 때 압록강의 수풍댐을 만든 댐의 권위자인데도 80세가 넘은 노구를 이끌고 와서 코가 땅에 닿도록 허리를 숙이며 정주영에게 최상의 禮(예)를 올린다.

"우리 공영의 사토 사장은 콘크리트댐의 전문가이지 사력댐의 전문가는 아닙니다. 정 사장의 설계대로 우리가 현장의 조건을 다 조사했는데, 암반이 취약하여 콘크리트댐보다 사력댐이 훨씬 나은 조건임을 알았습니다. 정 사장 말대로 상수도 10개까지는 아니더라도 경비가 많이 절약되는 것도 사실입니다. 그동안 잘못(동경대학 출신이라고 하면서 소학교 출신을 무시한 것)을 사과드립니다."

이렇게 말하고 돌아갔다.

학벌이 일을 하고 경력이 일을 하는 것이 아니다. 때에 일하는 사람의 생각이 일을 하는 것이니 소신과 신념을 갖고 성실히 일하는 것이 무엇보다 중요하다. 하루만큼 열심히 산 사람은 하루에 충실했고, 한 달을 열심히 산 사람은 한 달만큼 충실히 살았다고 할 것이다. 때의 영웅들의 발자취를 보면 스스로 열심히 살았음을 알게 된다. 학벌이 일을 해결하고 학벌로 인격이 정해지지가 않는다는 것쯤은 이제 누구나가 다 아는 세상이 되지 않았는가? 다 같은 평등의식을 가져야 하겠다. 학벌에 거드름을 피우거나 학벌이 낮다고 기죽으며 위축될 것도 없다.

이미 한국의 소학교 출신인 정주영에게 일본 최고의 엘리트를 자처하는 동경대학 출신이 사과를 하고 갔으니….

"영웅아, 댐도 소학교 출신의 댐이 있고, 대학교 출신의 댐이 있는 것을 알겠냐?"

"무슨 말씀이세요?"

"뭐라구? 벌써 예전에 그런 댐은 다 무너졌다구? 그래? 나만 몰랐나?"

화재로 다 잃고, 신용으로 일어서다

19살에 4번째 가출을 하여 정주영이 얻은 직업은 쌀가게에서 배달하는 점원의 일이었다.

농사꾼인 부모님에게 물려받은 부지런함과 성실함으로 새벽 일찍 일어나서 가게 앞을 쓸고, 깨끗하게 물까지 뿌려놓고, 몸 안 사리고 열심히 배달을 하며 정리정돈이나 장부 기입을 거짓 없이 해주었다.

정미소에서나 거래처에서도 성실한 젊은이라는 호평을 듣게 된다. 그러던 중에 주인으로부터 가히 엄두도 낼 수 없는 제의를 받는다. 만주까지 다니면서 가산을 탕진하고 난봉을 피우는 외아들 때문에 장사에 의욕을 잃어버린 주인은 정주영에게 쌀가게를 넘겨받으라는 제안을 해온 것이었다.

정주영은 별도의 자본금도 안 들이고 그동안 쌓은 신용만으로 쌀가게의 주인이 되었다. 단골손님도 물려받고 정미소로부터도 이전과 다름없이 월말에 계산을 하며 얼마든지 쌀 공급을 해주겠다는 약속도 받는다.

장사는 나날이 번창을 했다. 장사꾼에게는 신용이 제일이라 여기고 고객과의 어떤 약속이라도 지키는 것을 원칙으로 삼아서 열심히 신용 거래의 폭을 넓혀 나간다.

쌀가게를 한 지 2년째인 1937년 7월 7일 일본군과 중국군이 충돌하면서 중일전쟁이 시작되었다. 조선 총독부에서는 전시체제령을 발표했고, 1939년 12월에는 쌀 배급제가 실시되면서 전국의 쌀가게들은 일제히 문을 닫게 된다. 정주영도 가게를 정리하고 고향으로 돌아가서 아버지에게 논을 2,000여 평과 얼마간의 농사자금도 드렸다.

사람은 누구라도 전심전력을 기울여 성실히 뛰면 어떤 일을 해도 성공을 한다는 확신을 얻은 정주영은 새해를 맞이하면서 서울로 다시 올라온다. '작은 자본으로 할 수 있는 사업이 무엇일까?' 하는 생각을 하며 물색을 하던 중 우연히 쌀가게 단골이었던 A 씨를 만난다.

A 씨는 서울에서 제일 큰 경성서비스공장 직원이었다. 아현동 고개에 있는 아도서비스 자동차 수리공장이 마침 처분하려고 나와 있는데, 인수받아 운영을 해보라고 조언을 해주었다.

자동차에 대해서는 아는 것이 없어 깜깜했지만 큰 자본 안들이고 돈 벌 수가 있다는 말과 직공들도 모아주겠다고 하여 A 씨의 말에 귀가 솔깃해졌다. 그러나 문제는 3,500원이라는 인수자금이었다.

정주영은 쌀가게를 운양할 때에 거래를 했던 삼창정미소의 주인을 찾았다.

정미소 주인은 장사를 하면서 외상값을 제때 제때에 어김없이 갚았던 신용을 담보로 선뜻 3,000원을 내주었다. 가지고 있는 돈과 여기저기서 빌린 5,000원을 가지고 아도서비스를 인수받았다.

희망에 부풀어 문을 열고 사업을 시작했는데 모든 것은 순조로웠다.

사업 시작 후 25일이 지나면서 공장 잔금도 치러주었다. 그런데 닷새 후 새벽에 한 직공이 일을 한 후 기름때 묻은 손을 씻으려고 물을 난로에 올려놓고 불을 지피다가 잘못하여 옆에 있던 시너에 불이 번지는 바람에 불이 나고 말았다. 불은 공장은 물론 수리를 끝낸 손님의 자동차와 외상으로 들여놓은 부속품들 할 것 없이 몽땅 다 태워버렸다. 빚내어 차린 공장에, 손님들의 자동차 값에, 부속품 값에 모든 것이 빚더미가 되었다.

누구라도 힘들어했을 것이고 멀리 도피를 하거나 또는 좌절도 했을 테지만, 그는 그러지 않았다.

어떤 난관에 봉착하더라도 묵묵히 정직하게 일하며 오뚝이처럼 시련을 딛고 일어나는 그였기에 불에 탄 공장도 그를 멈추게 하지는 못하였다.

　정주영은 머뭇거림이 없이 자신을 믿고 돈을 빌려준 정미소 주인을 다시 찾아갔다.

　뜻하지 않게 불이 나서 공장이 잿더미가 되었는데, 이대로 주저앉으면 영감님의 돈을 영영 갚을 수가 없게 되었으니 일하며 빚을 갚을 수 있도록 돈을 더 빌려달라고 사정했다.

　단 한 번도 담보 잡고 돈 준 적 없고, 돈 떼인 적이 없다는 것을 자랑으로 여기며 살던 정미소 주인은 "그래, 내 평생에 사람을 잘못 봐서 돈 떼었다는 오점을 남기고 싶지 않아서 돈을 빌려 주겠네" 하며 3,500원을 더 빌려 준다. 두 사람 다 뱃장이 두둑했다. 작은 약속도 성실히 이행하면 큰 약속도 성실히 지킬 것이라고 사람들은 믿고 성공하리라는 확신도 갖게 된다. 정미소 주인은 작은 부지런함과 작은 성실함을 보이는 이들은 큰일에도 성실하고 부지런하리라 믿었던 것이다.

　부지런하고 성실하고 약속을 잘 지키는 사람을 사람들은 신용하게 되어 있다. 누구라도 성공적인 인생을 얻으려면 신용이 있어야 하는 것은 두 말할 필요가 없다.

　맡겨 놓았다는 듯이 돈을 빌린 정주영은 몽땅 타버려 잿더미가 된 공장을 수습하고 담담하게 열심히 일을 하여 빌려온 원금에 이자에 이자까지 갚았다. 어떤 일에 당했을 때에 하는 행동을 보면 갖가지의 행동을 볼 수가 있는데, 그 행동이 그 사람의 진면목을 보여주는 것이라 하겠다. 세상살이는 사람과 사람이 쏜(공)이라는 시간을 담보로 만들어가는 것인데, 사람이 사람을 믿는다는 것만큼 어려운 일은 없을 것이다.

훌륭한 사람의 생각과 행동은 凡人(범인)들과는 확연히 구분이 된다. 머뭇거리지도 功(공)을 내세우지도 않는다. 세상엔 적당히 성실하고, 적당히 약속을 지키며, 적당한 신용으로 포장하고 구호만으로 떠드는 사람은 많으나, 그런 사람을 훌륭하다고 할 수는 없을 것이다.

사업은 망해도 신용은 지켜야

6·25전쟁 와중에도 현대는 미군들이 발주하는 공사를 맡았다. 정주영은 미군 발주에 의존해서는 안 되겠다는 생각에 정부의 전쟁 복구공사에도 뛰어들게 된다.

동래 조폐공사 사무실과 건조실 신축공사를 수주했고, 대구와 거창을 잇는 고령교 복구공사를 수주하여 착공하였다. 당시 정부에서 발주한 공사였기에 기간 내에 성공적인 완료를 목표로 전력을 기울였다. 해방 전 기요미스 건설의 조선 지점에서 수많은 교량을 시공했던 경험자를 상무로 초빙하여 현장 일을 맡겼다.

말이 복구공사지 실제는 새로 다리를 건설하는 것이었다. 정부에서는 지리산 공비 토벌을 위한 작전도로이기도 해서 공사 재촉을 심하게 해왔다. 큰 공사를 해본 적이 없었지만 더 큰 문제는 국내에 건설장비 자체가 없었다는 점이다. 대부분 인력에 의존하는 원시적인 공사로 교각을 세워나갔는데, 공사 시작 1

년이 되어도 13개 교각 중에 한 개의 교각도 제대로 세울 수가 없었다. 그나마 세운 교각마저도 홍수가 나서 모두 쓸고 지나 갔기 때문이다. 그동안 물가는 천정부지로 뛰어 올라 자재 값과 기름 값, 인건비가 치솟으며 인플레이션이 걷잡을 수가 없었다.

동래 조폐공사 사무실과 건조실 공사는 치솟는 인플레이션을 감당하면서 7천만 환이라는 막대한 적자를 내며 완공을 시켰다.

미군 공사에서 알뜰하게 벌어 모은 돈을 우리 돈을 찍어내는 조폐공사에 다 털어 넣다시피 한 꼴이 되었다.

또 고령교의 공사는 회사의 재정이 바닥나면서 인부들이 임금을 내놓으라고 파업을 하는 바람에 공사는 진척 없이 하루하루 지연되어가고 있었다.

정주영은 "사업은 망해도 다시 일어설 수 있지만 신용을 잃으면 그것으로 끝장이다"는 생각에 동생들과 매제를 모아놓고 상황 극복과 수습 방안으로 각자 집을 팔기로 뜻을 모았다.

네 사람의 집을 판 9천9백70만 환을 다 털어 넣고도 부족해 여기저기서 얻을 수 있는 돈을 다 끌어 모은 후 공사를 공기 안에 완공할 수가 있었다. 또 다시 6천5백여 만 환의 적자가 생겨났다.

전쟁 중 인플레이션을 예측하지 못했고, 전문 기술자가 아니었기 때문에 경험이 부족한 것도 원인이었다. 당시 형편없이 부실한 장비로는 고령교 같은 대규모 공사가 힘겹다는 사실을 몰랐던 것이 중대한 실책이었다. 정주영은 '비싼 수업료를 냈구나!' 하며 스스로 위안하였다. 다소 쓸쓸하고 울적한 심사였으나 절망을 느끼지는 않았다.

"내가 살아 있고 건강이 있는 한 나에겐 시련은 있을지언정 실패는 없다"고 했다.

고령교 공사로 진 빚을 청산하는 데에는 그 후 20년의 세월이 걸렸다고 한다.

건설업은 장비와 시간과의 싸움인 것을 깨닫고, 이후 현대는 장비관리를 담당하는 부서를 만들었다. 미군의 장비를 불하받거나 직접 조립하고 개조, 제작하는 등 장비를 확보하는 데에 주력했다.

1957년 9월 한강 인도교 공사를 수주하면서 현대는 국내 건설 업체들의 주목을 받기 시작한다.

1962년 5월 20일 착공하여 2년 8개월 만에 준공한 제2한강교는 설계에서 시공까지 국내의 기술로 이루어지는데, 이는 현대의 기술 축척과 시공 능력을 인정받는 계기가 되었다.

기업가는 이익을 남겨 소득과 고용을 창출함으로써 국가나 사회에 도움을 줄 수는 있을지언정 그냥 돈을 퍼 넣는 자선 사업가는 아니다. 기업가는 어떤 경우에도 이익을 남겨야 하는 절체절명의 과제를 안고 사업을 하지만, 어느 때에는 이익을 포기해야 하는 경우도 있다. 정주영에게도 약속을 지켜내기 위하여 이익을 포기하고 적자를 감수하는 일이 몇 번 더 찾아

온다.

경부고속도로의 난공사였던 당제터널 공사가 그랬다.

경제개발 5개년 계획이 마무리에 들어서면서 우리나라는 수송화물이 늘어남에 따라 효과적인 수송체계가 발등에 떨어진 불이 되었다. 대안은 새로운 길인 고속도로를 만드는 일이었다.

원료생산지와 공장과 시장을 잇고, 농어촌과 도시와의 거리를 시간적으로 단축하기 위한 고속도로의 건설이 시급한 문제로 떠오른 것이다.

고속도로의 건설에도 신중론와 반대론의 분분한 얘기가 속출하여 많은 우여곡절을 겪었다. 그러나 지도자의 강력한 건설 의지에 따라 경부고속도로는 1968년 2월 1일 기공식과 함께 총연장 428km를 건설하는 대장정의 공사가 막을 올렸다.

충북 옥천군 이원면 우산리에서 용산면 묘금리 사이의 당제터널 공사는 절암토사로 된 퇴적암층의 지질이었다. 잦은 낙반사고와 때 없이 치솟는 湧水(용수)로 인해 인부들이 다쳐 나가기가 일쑤였고, 위험을 느낀 인부들이 하나둘씩 현장을 떠나는 실정이었다.

다른 구간의 공사는 거의 마무리되어 가는데 당제터널은 공사 완공 예정일이 한 달도 안 남겨놓았을 때에도 낙반사고로 공사가 지지부진했다. 현장의 상황을 둘러본 공사 전문가들은 6개월 이상 공사기간이 더 소요될 것이라는 예상을 내놓았다. 정주영은 어떤 일이 있더라도 정해진 기일 내에 공사를 마무리

짓는 것을 최대의 과제로 여겼지만 돈이 문제였다. 당제터널 공사를 놓고 돈과 신용 중 하나를 선택해야 할 기로에 서게 된 것이다.

공사를 기한 내에 맞출 수 있는 방법은 빨리 굳는 시멘트를 사용하는 것인데, 빨리 굳는 만큼 가격이 비싸게 먹혔다. 명예를 선택한 정주영은 단양 시멘트공장에 보통 시멘트보다도 20배나 빨리 굳는 조강시멘트의 생산을 명했다. 생산된 시멘트를 공장에서 현장까지는 200km. 육로를 통해 차로 시멘트를 운반하였다. 작업조는 2개 조에서 6개 조로 늘렸고, 밤낮 없는 작업에 돌입하며 말 그대로 '총성 없는 전쟁'을 벌였다.

명예와 신용을 택한 정주영은 전문가가 예상한 6개월을 뒤엎고 27일 만에 완공을 보였다. 기업의 존재 이유는 이윤을 남기기 위한 것인데, 정주영은 이윤과 명예 중 하나를 선택할 때 서슴없이 명예를 선택했다. 이는 결국 신용이 이익을 가져온다는 기업가의 투철한 경영철학이 있어야 하지만, 아무나 쉽게 흉내 낼 수는 없을 것이다.

문을 박차고 세계로, 세계로

낙동강 고령교 공사로 입은 막대한 손실에 회사가 처한 어려움에서 조금 회복을 할 즈음에 4·19로 자유당 정권이 물러나고 새로운 정부가 들어섰다. 새 정권은 건설 기업인들을 부정

축재니 정경유착이니 하는 이유를 들어 회사는 또 한 차례 곤욕을 치른다.

당시 민간 자본이 빈약하던 때라 큰 공사는 으레 정부 발주 공사였다. 그렇기 때문에 큰 건설업자는 정부를 끼고 치부했다는 의혹을 받았고, 언론과 항간의 구설수에 시달려야만 했다.

건설업체는 성장 속에서도 어려움이 있었다. 우리 기업의 건설 능력이 빈약하여 발전소나 비료공장, 산업 플랜트 등의 큰 공사는 거의 외국회사가 들어와서 독점을 하여 시공을 하고 있었고, 국내 건설업체는 남은 부스러기에 만족해야 했다. 정주영은 국내의 건설로는 회사가 조만간에 벽에 부딪힐 것이라는 예상을 한다. 정권이 바뀔 때마다 정권과 결탁하였다는 여론의 오해와 평가에서 벗어나려면 해외 진출을 하지 않으면 안 된다는 중대한 결정을 내리기에 이른다.

현대는 과감한 기술혁신과 모험을 준비하며 1965년 9월 태국의 고속도로 건설 공사를 수주한다. 이는 우리나라 건설업 사상 획기적인 전기를 마련해 준 공사였으나, 막대한 손해를 본 공사이기도 했다.

해외 공사는 기후나 풍속, 법률이 모두 생소한 땅이다. 언어도 다른 노동자들과 일을 해야 하는 어려움이나 시련을 어찌 말이나 글로써 다 표현을 할 수가 있겠는가? 회사는 갖가지의 시행착오를 거치면서 장비를 새로 구입하거나 현장에서 직접 만들어 썼다. 비록 초보적인 장비였지만 해외 공사를 하면서 건설장비의 중요성을 새롭게 인식하는 계기가 되었으며, 회사는 조금씩 자신감을 얻게 된다.

현대는 1966년 1월에는 월남 캄란만 준설 공사를 수주했고, 5월에는 반오이의 주택 도시건설에도 뛰어들면서 빈롱 항만의 준설공사도 맡게 되면서 태국에서의 적자를 메워 나갔다.

태국의 고속도로 공사나 월남에서의 항만 준설 공사는 70년대에 중동시장에 뛰어들 수 있는 밑거름이 되었고, 현대뿐 아니라 우리나라의 건설사들이 해외에 진출하는 교두보 역할을 하였다.

태국에서의 1차 고속도로 공사는 손실을 냈지만, 이를 토대로 태국에서의 2차 고속도로 공사를 수주하여 적지 않은 이익도 냈고, 우리나라 경부고속도로를 건설할 수 있는 기술과 경험을 축적할 수가 있었다.

태국 공사를 시작으로 하여 현대는 영하 40도의 알래스카 산악지대 교량, 괌의 주택과 군사기지, 파푸아뉴기니의 지하 수력발전소, 월남 캄란 군사기지, 메콩강 준설 공사를 수주했고, 1970년에는 호주의 항만 준설 공사도 따냈다.

이즈음 정주영은 스스로 "밥풀 한 알만한 근거라도 있으면 그것을 시발점으로 점점 크게, 더욱 큰 것으로 확대시키는 사람"이라고 했다. 그는 실제로 밥풀 하나의 착상으로 거대한 조선소를 짓기로 마음을 먹는다.

모두 반대한 조선소 건설

조선소는 많은 투자가 소요되지만 많은 이들에게 안정적인 일자리를 제공할 수가 있고, 연관 산업분야에 발전을 가져온다. 외국에 나가지 않아도 국내에 앉아서 외화를 벌 수가 있다는 생각에 정주영이 조선소를 건설하겠다고 나섰다. 그러나 백이면 백 명이 합창하듯이 반대하였다.

기껏해야 몇 백 톤짜리의 목조선이나 만들던 나라에서 건설만 하던 정주영이 조선소를 만들겠다고 나섰으니 반대할 만도 했다. 다들 '제정신인가, 미치지는 않았나' 하는 것은 너무도 당연한 일이었을 것이다.

그러나 정주영은 계획을 실행에 옮기기 시작한다. 조선소의 건설 차관과 기술을 일본에 요청했다. 그러나 조건이 여의치가 않아서 1969년 10월에는 이스라엘과 노르웨이의 회사들과 합작을 모색했다. 여러 번 절충과정에서 합작 투자방식을 포기하고 단독 건설로 방향을 잡았고, 차관과 기술을 유럽 쪽에서 도입할 생각을 했다.

1971년 9월 영국의 애플도어사와 스코트리스고우 조선소와 기술협약을 체결하고, 차관도입 난제를 풀기 위해 A&P 애플도어사의 롱바톰 회장을 만난다.

"아직 선주도 나타나질 않고 또 한국의 상환 능력과 잠재력 자체에 의문이 많아서 곤란합니다."

롱바톰 회장은 어렵다는 입장을 표명했다.

이때 정주영은 바지 주머니에서 5백 원짜리 지폐를 꺼내어 테이블 위에 올려놓고 말을 했다.

"이 돈은 우리나라의 돈이며, 이것이 거북선이오."

회장은 아무 표정도 없이 지폐 위에 그려진 거북선을 내려다보고 있었다.

정주영은 말을 이었다.

"우리는 1천5백 년대에 이미 철갑선을 만들었던 실적과 두뇌가 있소. 영국이 철선을 만든 것은 1천 8백 년대부터이니 우리가 3백년이나 앞서 있었소. 다만 근세에 이르러 쇄국정책으로 산업화가 늦어졌고, 그동안 아이디어가 녹슬었던 것이 불행한 일이지만. 그러나 우리는 우리의 역사가 증명해 주듯이 잠재력을 가지고 있소."

정주영의 열의(熱意)에 찬 설명을 듣고 있던 회장이 빙그레 웃었다.

그의 도움으로 버클레이 은행과 차관 도입 협의가 다시 시작되었다.

문제는 영국 은행에서 차관을 줄 때는 영국 수출보증기구 총재의 보증을 받아야 했다. 보증기구의 총재가 조건을 내걸었다.

"긴 얘기는 생략하고 누군가 당신의 배를 사겠다는 확실한 증명을 가지고 오시오. 그 전엔 불가능한 일이오."

순간 정주영은 훗날 이때의 심정을 이렇게 회고했다.

"이 관문을 지나야 하는데. 하지만 어디를 둘러보아도 길이 보이지 않았다."

그때의 심정을 표현한 시도 있다.

"얼음과 눈은 살갖을 베는 듯 차가운데
바람은 불고불어 그칠 기약이 없구나."

나만큼 미친놈을 찾아보자

이제부터 배를 만들 선주를 찾아나서야 했다. 그의 손에 들린 것은 황량한 바닷가 벌판에 소나무 몇 그루와 초가집 몇 채가 있는 백사장을 찍은 사진이 전부였다.

정주영은 조선소도 짓지 않았는데 미친 듯이 배를 팔러 다녀야 했다. 좀 심한 '봉이 김선달' 이었다.

'그래, 나를 의심하지 말자. 다른 조선소보다 더 좋은 조건의 배를 싸게 만들어 주자.'

속으로 되뇌며 선주들을 찾아다녔다.

'세상엔 나보다 더 미친놈이 분명 어딘가에 있을 것이다' 하는 믿음이 있었다. 지성이면 감천이라고 했던가, 그 믿음대로 '미친놈' 은 있었다. 그리스의 거물 해운업자인 리바노스에게 정주영은 26만 톤짜리 배 두 척을 주문받는데 성공한다.

"정사장, 어찌 보면 내가 도박을 하고 있는 것인지도 모르겠소. 그러나 계약은 성사시키기로 하겠습니다. 가격은 척당 3천

95만 달러. 5년 반 후에 배를 인도해 주시오."

리바노스는 정주영에게 계약금으로 14억 원을 선지불해 주었다.

정주영 신화는 이렇게 만들어졌다. 언제나 그랬듯이 스스로 포기하지 않는 이상 방법은 있게 마련이라는 자신감과 낙관적인 사고방식이 가져온 승리였다.

1972년 3월 23일 현대조선소의 기공식이 박정희 대통령이 참석한 가운데 치러졌다. 기공식이 있고 2년 3개월 만에 26만 톤 급 유조선이 건조되었다. 배의 명명식과 조선소의 준공식을 동시에 거행했고, 제작된 배는 도크를 떠나 주인의 손에 넘겨진다.

세계 조선사상 유래가 없는 짧은 시간에 유조선 두 척을 성공적으로 건조한 것이다. 그것도 조선소를 동시에 건설하면서 이루어 냈으니 신화요, 전설이라고 해야겠다.

1973년 1차 오일파동이 있었다. 원유 값이 배럴당 10달러까지 5배가 넘게 치솟았다.

정주영은 '세계 경기가 침체되어도 우리나라의 경기는 침체가 되어서는 안 된다' 는 생각을 항상 해왔다.

그는 중동 진출을 위하여 아랍어 강좌를 열고, 아랍어로 영화도 만들어서 직원들을 교육시켰다.

"모든 일에는 때가 있다. 오늘 못하면 내일도 못 한다. 쉬운 일도, 어려운 일도 다 잘 해야 한다."

현대는 중동에서 대형공사를 수주하면서 세계적인 기업으로 비약했다.

창의, 모험, 노력은 국내 최고의 기업이라는 결과로 돌아왔다.

현대의 부상은 국내 경제정책 이론가들의 잡다한 기우를 배제하고, 진취적인 건설업자들을 신뢰하며 일관성 있게 정책을 수행했던 박정희 대통령의 영단과 지도력을 높이 평가하지 않으면 안 된다.

한 기업이나 한 국가의 위기 극복 또는 약진의 계기를 만드는 것은 평범한 기업가나 평범한 지도자에게는 기대하기 어렵기 때문이다.

기업인의 창의력과 용기 있는 지도자의 결단이 상부상조하여 공동 목표를 향해서 줄기차게 매진할 때 번영과 약진의 열매가 만들어지는 것이다.

중동에서 주베일 산업항의 공사를 수주하면서 세계 건설시장의 판도를 바꾸고 공사를 진행하던 내내 엉뚱하면서도 기발한 그의 신화는 지구촌을 휩쓴다. 그가 일을 한 곳에는 지금은 한류의 문화가 찾아들고 있다. 정주영은 건설이라는 이름으로 살았지만, 정녕 그는 우리의 문화를 알리고 다닌 전도사였음을 새삼 알게 한다.

대권 도전 – "정치도 경제다"

1992년 정주영은 국민당을 창당하고 대권에 도전한다.

수출이 적자로 전환되며 경제가 침체의 늪으로 빠져드는데 정치인들은 민의마저 저버리면서까지 정권유지에만 급급해 있었다. 성공한 경제인으로 나라를 구해야겠다는 일념으로 시궁창 같은 정치판에 그가 뛰어든 것이다.

"인간에게 주어진 가장 어려운 고난은 전쟁이라고 생각을 하며 살아왔는데, 이 땅에서 기업을 하면서 살아오는 동안 굳이 고통과 고난을 찾는다면 정권이 바뀔 때마다 치러야 하는 숱한 홍역"이었으며, "그것은 전쟁의 고통보다도 때론 더욱더 심했다"고 정주영은 술회하였다.

결과를 놓고 얘기하는 것이 아니라 대권에 도전하여 권좌에 오르려 했다면 그는 분명 대통령이 되었을 것이다. 그가 일찍 대통령의 꿈을 꾸었다면 그 준비를 철저히 하였을 것이지만, 그는 준비를 철저히하지 않았다. 정치 참여의 목적이 국민의 안정된 경제에 두었기에 별다른 준비도 없이 78세의 나이에 정치인의 길에 발을 들여 놓는다.

통일국민당을 창당하고 2개월도 안 되어 치른 국회의원 선거에서 본인을 포함해 31석을 획득하며 큰 성과를 올리기도 했다. 하지만 그의 행보를 보면 정치에 입문하기까지는 적지 않은 동안 고민의 흔적도 엿보인다.

정주영의 정계 진출에 있어서 가장 큰 반대는 내부에서 나왔다. 그의 동생과 아들들은 소극적인 신중론을 폈고, 주요 임원들 또한 난색을 표했다. 당시 현대건설 사장이었던 이명박은 정계 진출을 정면으로 반박해 화제가 되기도 했다.

1976년부터 비서로 그를 보필하고 정치 입문 후에는 '특보'를 맡았던 이병규 씨(현 문화일보 사장)는 "1991년 말 이 문제로 회사의 고위 간부들이 난상토의를 벌이곤 했다"며 당시의 상황을 얘기했다.

그러나 정주영의 생각은 지난 수십 년을 기업인으로 지내오면서 굳어진 생각이었다. 생산성이 없는 정치인들의 작태에 수없는 환멸을 느꼈으며, 자신이 이룩한 기업의 '성공신화'를 정치에 접목시키고 기업하는 이들의 발목 잡는 정치에 종지부를 찍어야겠다는 의지와 신념으로 대선 출마 결심을 굳힌다.

정주영은 1950년 6·25가 발발하며 북한군 탱크가 미아리 고개를 넘어온다는 소식을 듣는다. 벌려놓은 사업을 내던지고 동생 정인영만을 데리고 남쪽으로 피난길에 오른다.

천안을 거쳐 대전으로, 다시 대구까지 피난길은 이어졌다. 대구에서 잠시나마 동생은 〈대한일보〉 편집실에 일하러 들어갔고, 정주영은 일선의 정훈부대에 신문배달을 하며 그날그날 끼니를 때우며 살게 되었다. 그러나 그 일도 북한이 낙동강으로 집결하고 있다는 소식을 듣게 되면서 그만두었다. 신문배달을 집어치우고 낙동강을 헤엄쳐서 건넜다.

부산에서 우연히 대구의 정훈감실에서 알게 되었던 육군 대위를 만났다. 다시 정훈감실에 나가서 일을 하게 되었는데, 배를 타고 섬을 돌아다니며 선전하는 일이었다. "괴뢰군은 잠시다. 그러니 그들에게 부역하지 말고 그들의 편이 되지 말라"는 요지의 연설을 하고 돌아다녔던 것이다.

"영웅아, 북의 남침으로 하루아침에 살던 터전을 잃고 온 나라의 국토가 아비규환으로 난리를 치르던 때에 정주영이 정치인들의 사무실을 찾아 갔었다고 하던데, 혹시 이에 대해 들은 얘기가 있으면 해봐라?"

"예. 하루는 새로운 소식이라도 들을까 하며 민주당 사무실에 들렀다고 하더군요. 들어가서 보니 정치한다는 사람들이 웃통을 벗고 앉아 맥주를 마시며 한가한 표정으로 장기와 바둑을 두고 있었답니다. 아무것도 아닌 사람들도 작은 애국이라도 한다며 일선부대에 신문을 배달하고, 뱃멀미의 고통을 감수하면서 섬마다 돌아다니며 목청을 돋우는데, 정치인들은 나라의 고통을 외면하고 놀고 있었던 셈이죠. 들리는 소문으로는 부산이 괴뢰군에게 떨러질 것을 대비하여 일본으로 도망갈 배까지 얻어놓고 있다는 말을 들은 터라, 바둑을 두며 한가하게 놀고 있는 정치인들에게서 최초의 환멸을 느꼈다고 합니다."

대통령이 되어 정경유착의 고리를 끊자

1990년대에 들어서며 무역수지가 적자로 돌아섰고, 91년도에는 70억 달러의 무역적자를 보였다. 그러나 나라의 경제가 침체의 늪으로 빠지는데도 정치인들은 정권유지에만 급급하였다.

선거에서 여당이 정신 차려야 한다는 뜻으로 여소야대의 정국을 만들어주었으면 민의를 따라야 함에도 정치인들은 3당 통합으로 民意(민의)를 져버렸다. 5공과 6공의 정치행태를 보며 나라가 잘되고 못되는 것은 나라의 지도자가 누가 되느냐에 달려있음을 심각하게 인지했던 그는 정치자금을 주느니 차라리 대통령이 되겠다는 결심을 하기에 이른다.

小我(소아)를 버리고 애국의 충정으로 생산성을 높여야 한다는 신념은 기업인인 그를 대권에 뛰어들게 했다. 기업인으로 성공한 자신만이라도 대의의 뜻(국민들이 잘살아야 한다는)이 담긴 정치를 해야겠다는 생각을 실현해야겠다고 결심하고 행동에 들어갔다.

정주영은 그해 1월 통일국민당(가칭) 창당준비위원회 위원장 피선, 2월 대표최고위원 피선, 3월 14대 국회의원(전국구) 당선 후 12월 제14대 대통령 선거에 출마했다. 준비부터 대권 도전까지 1년이 채 안 걸렸다. 그의 선거 전략은 경제·통일 대통령이었다. 또 김영삼·김대중 후보의 양강 구도 앞에서 양 김씨의 시대에 종지부를 찍어야겠다고 나섰다. 삼김(三金) 시대에 진저리가 난 유권자들에게는 새로운 대안으로 떠올랐다. '북한에 자유경제를 전파하겠다' 는 통일 대통령론과 현대 그룹을 이끌며 성공신화를 써온 경제 대통령의 자질이 많은 유권자들에게 어필했다. 그러나 경제·통일 대통령을 구호로 내건 정주영 대선 후보는 결국 '3김의 벽' 을 넘지 못하고 낙선을 한다.

78세의 나이에 준비도 제대로 하지 않고 대권에 도전한 것은 실패를 두려워하지 않는 '정주영 정신' 이다. 사람들은 그가 대통령에 실패했다고 하지만, 그에게는 그마저도 실패가 아니었다. 그것은 의미가 있는 도전이었으며, 기업처럼 정치도 능률과 생산성이 있는 정치를 해야 한다는 것을 만천하에 알렸다. 그는 나라의 백성들에게 할 일은 다했고, 그의 대권 도전은 대한민국 정치에 생산성을 높이는 결과를 부여했다고 봐야 할 것이다.

낙선의 여파로 본인은 물론 현대그룹 전체가 대선자금 조사 등으로 인해 숱한 고초를 겪었다. 그러나 그는 "실패가 아닌 시련이었다"고 말을 하며 굳이 은퇴랄 것도 없었지만, 정치인들의 요구에 1993년 정계 은퇴를 선언한다.

정주영이 우려한 대로 국민이 선택한 김영삼 정권은 경제정책에 실패하여 들어보지도 못한 IMF의 쓰라린 고배를 국민들에게 안겨준다. 실패를 안고 시작했던 그의 대권도전의 행보에서 이 땅의 정치인들은 지난 행보를 돌아다보고, 살펴보며, 나라와 국민을 위하는 정치가 무엇인가에 대해 다함께 다툼

없는 지혜를 모아야 할 것이다.

키운 소를 몰고 북으로

낙선 후 그는 한동안 정계는 물론 공식적인 경영 석상에서도 모습을 드러내지 않았다. 경영도 주요 인사 및 신사업을 제외하고는 2선의 경영인에게 맡겼다. 이 기간 동안 자신이 직접 개척한 서산농장을 자주 방문했다는 것이 당시 측근들의 설명이다.

1984년 서산 간척지의 제방이 완성되었다. 서산 간척지의 면적은 약 155만㎡로 여의도 면적의 33배에 달하는 넓은 땅이다. 가난한 농군의 아들이던 그가 국내 제일의 농토를 지닌 농부가 되었다. 서산농장은 낙선 3년 후인 1995년 완공됐다. 간척사업 착수(1980년) 15년만의 일이었다.

정주영이 다시 대외적인 활동에 나선 것은 서산농장이 완공된 이듬해(1996년)였다. 그는 '대북사업' 이라는 또 다른, 그리고 그의 생전에 마지막 사업을 들고 나와 세인들을 놀라게 하였다.

1989년 정월달에 소련을 방문하고 돌아와서 1월 23일 북한 허담의 초청으로 꿈에도 그리던 고향에 다녀왔다. 성공한 경제인이었기에 북한은 극진한 대접을 하였으며, 북한과 5가지의 협정을 맺었다.

협정은 1. 금강산개발, 2. 원산 철도차량 공장에 기술제공, 3. 원산 조선소의 현대화와 도크시설 확충, 4. 시베리아 코크스 공장 건설, 5. 소련의 巖鹽(암염) 공동개발 등이었다. 앞의 협정은 북한이 제의한 것으로, 정주영은 타당성을 조사한 후에 경제성이 있으면 하겠다는 약속을 하였다.

농군의 아들인 그에게 농장은 고향이며 항상 새로운 것을 시작할 때 힘을 주는 동력이었다.

그는 언젠가 인터뷰에서 "농촌에서 태어나 살아서인지 흙을 대하면 기분이 좋다. 예전에 시골에서 농사지을 때가 언제나 그립다"며 서산농장에서의 생활에 대해 말한 적이 있다.

그가 고향을 방문했을 때 친척들이 북한에서 급하게 마련해 준 듯한 거의 똑같은 옷을 입고 합창하듯 얘기했다.

"위대한 수령님 덕분에 쌀밥을 배불리 먹고 행복하게 산다"는 그 말에 체제의 이질성을 실감하면서 어떻게든 도울 생각을 갖게 하였다.

'자신이 힘을 다하여 북한을 도우면, 먹고사는 걱정은 면하지 않을까?' 하는 생각으로 정주영은 바빠진다. 젊은 몸이 아닌 80이 넘은 노구의 몸이었기에 마음은 더욱 바빴을 것이다. 자신이 아니면 누구도 할 수 없는 일이었기에 더욱 그랬다. 정부나 북한에 자신의 뜻을 알리고 서산농장에서 키운 소를 몰고 가기로 작정한다.

1998년 6월 16일 세인들의 관심이 집중된 가운데 정주영은 서산농장에서 키운 소 500마리를 트럭에 나누어 싣고 판문점의 육로를 이용하여 북한으로 향했다. 그는 분단 이후 정부 관리의 동행 없이 처음으로 판문점을 통과하는 민간인이었다.

"이번 방북은 개인의 고향 방문이 아니라 남북한의 화해와 평화를 이루는 초석이 되기를 바란다."

북으로 출발하기 전 판문점 평화의 집에서 이 말을 하였다. 방북 기간 동안에 고향을 방문하여 친척들도 만나고, 대북협력 사업 지역인 금강산과 원산을 둘러본다.

그로부터 4개월 뒤 2차로 501마리의 소떼를 이끌고 다시 방북하여 11월 18일 마침내 북한은 금강산 관광의 길을 열었다.

정주영은 그 후 2000년 북한 김정일 위원장을 직접 만나는 등 대북 사업을 이어가며 정치인들이 하지 못한 남북경협의 초석을 쌓는다.

세상에서 일어나는 일들은 때의 일이다. 우리들이 명명했던 통일 소 1,001마리가 우리를 위하여 일을 하였기에 금강산 관광의 길이 열린 것이다. 그동안 2백만 명에 달하는 이들이 폐쇄적인 북녘의 땅을 밟았다. 때가 익었기 때문이다. 잠시 멈칫거릴 지라도 때에 일어나는 일은 누구도 막을 수 없는 것이다.

때가 되면 영웅이 나온다. 북한의 문이 열린 것도 정주영이 있었기에 가능한 일이었다. 최근에 남북한에 연이은 악재로 중단되어버린 금강산 관광을 바쁜 마음이나 바쁜 눈으로 보면 답답할 것이다. 그러나 도도히 흐르는 강에는 항상 크고 작은 풍랑이 일어나는 것이며, 우리는 좀 더 멀리 내다보고 淡淡(담담)

한 마음을 가져야 할 것이다.

淡淡(담담)하다는 글을 들여다보면 水(물)이 火(불)을 만나거나 불이 물을 만나도 요동치지 않는 것을 말하는 것이다. 물이 강한 불을 만나면 졸아서 증발할 것이고, 불이 강한 물을 만나면 불은 꺼져 흔적도 없이 사라지는 것이 자연의 이치이다.

통일에 급한 마음이야 이 땅에 누구라도 한결같을 것이나 담담한 마음의 행보가 필요한 때이다. 그런 마음은 우리를 더욱 굳세고, 바르고, 총명하게 만들어 갈 것이기 때문이다.

하늘에서 준비한 향을 사르며

날씨가 더워지며 한낮의 해가 폭염을 쏟아내니 책상머리에 앉아 글을 펼쳐도 눈에 들어오지가 않는다.

잠시 책을 덮어 놓고 쉬려던 참인데 마당가에 매어 놓은 대롱이가 갑자기 짖어댄다.

"누가 오시나?" 하며 밖으로 몸을 내밀어도 아무도 보이지 않은 것을 보면 '개들의 눈에는 귀신이 보인다고 하는데, 이놈이 백주 대낮에 귀신을 보고 짖었나?' 하는 생각을 하며 눈을 들어 하늘을 보니 검단산이 눈에 들어온다.

2001년 3월 하순 검단산 북서향의 자락에는 한 시대를 풍미하며 위대한 업적을 남긴 영웅(정주영)이 생을 마감하고, 영면의 안식처를 찾아 들었다.

그가 남긴 생전의 업적만큼 많은 사람들이 찾아와 그와의 작별을 애도하고 아쉬워하며, 인산인해를 이루었다. 그 속에는 혹시 있을지도 모를 불상사에 대비한 안전요원들도 많았을 것이다.

그의 주검이 운구 되어 미리 준비한 안식처에 모셔지는 순간, 많은 사람들이 오열했다. 그의 시신이 모셔지고 봉분이 조성되어 이제는 저승의 인사로서 이승의 많은 이들이 마지막으로 그에게 잔을 올리며 슬퍼하고 떨어지지 않는 발길들을 돌리려는 순간, 앞쪽 산자락에서 원인모를 산불이 발생되어 연기와 불꽃이 하늘로 치솟았다. 치솟는 불길과 연기를 보고는 누군가가 "불이야!" 하며 외치니 많은 사람들의 눈길이 연기와 불길이 치솟는 앞쪽의 산봉우리로 향한다.

이른 봄의 건조한 때인지라 소나무와 잡목이 엉켜있는 곳이라 불길의 기세가 거셌다. 연기와 불길이 세차게 치솟으며 불은 기둥이 되어 하늘을 덮을 기세로 피어오르자, 소방서에서 출동했다. 소방차와 인력만으로는 감당할 수가 없어서 소방헬기까지 동원이 되면서 치솟는 불길은 겨우 잡혔으나, 연기는 오랜 시간 동안 꾸역꾸역 피어올랐다.

마치 고인을 애도하기 위하여 미리 준비하여 사르는 향불처럼!

그는 애도하는 많은 사람들을 뒤로 하고 검단산 자락에 몸을 누이고 긴 영면에 든다.

그나저나 그날 일어났던 산불은 우연이었을까?

아니면 고인을 애도하여 하늘에서 미리 준비한 향불이었을까?

우리가 살아가는 세상엔 원인조차도 알 수 없는 일들을 많이 만나는데, 그날의 산불도 원인모를 불이라니 하늘에서 지상의 영웅을 맞으며 내리신 불이 아닌가 싶다.

지구라는 별의 중심인 동북의 艮(간)방에 터 잡은 우리의 강산도 선조들이 이 땅을 다스리며 살아왔듯이 우리도 이 땅을 다스리며 살아가고 있는 것이다.

始於艮 終於艮(시어간 종어간)이라. 세상의 시작이고 끝이 艮(간)방이라 했으니 지구의 간방에 터 잡은 백두대간이 품고 있는 산들은 얼마나 많을 것이며, 골짜기 또한 얼마나 많을 것인가?

산이 주산에서 갈라져 나와 굽이굽이 용을 이루면서 흘러내리며 만나고, 헤어지고 끊어질 듯 이어진다. 또 다시 산을 만나며 그 산도 역시 굽이굽이 흐르는데, 이 하나하나의 산들이나 봉우리가 제 이름을 달고 일을 하고 있다. 땅은 그 이름대로 일을 하는 것이니 노적가리를 쌓아놓은 형상이라 '노적봉'이요, 하늘에 천제를 지낼 때에 향을 피우려고 미리 준비한 땅이 '향로봉'이다. 검고 붉은 기운이 조화를 이룬 곳이라 '검단산'이라 했으며, 솔바람이 시원하게 타 넘는 곳이라서 '청량산'이라고 하고, 솟아오른 기운이 용의 기상이라 '용두산'이라 했다. 무장을 한 장군의 씩씩한 기상이라 '무갑산'이요, 하늘로 비상하는 용의 기상이라 '비룡산'이며, 누워서 때를 기다리는 용의 형상이라서 '와룡산'이다. 사람들은 산의 영험함을 알기에 소원성취의 기도를 드리며 소원이 이루어지면 온 산을 비단으로 감싸준다는 약속을 하여 기도를 올리고, 나라를 얻는 소원이 이루어져서 錦山(금산)이라고도 이름 지었다. 이름을 알고 있는 사람도 있을 것이고, 생각 없이 넘기면 그저 그런 이름으로만 생각할 것이다.

신라의 통일을 이룩한 왕은 태종무열왕(김춘추)이나, 실제 삼국통일을 이룬 왕은 그의 아들인 문무대왕이다. 그는 왕태자로 봉해졌을 때에도 김유신과 함께 백제를 공격하여 멸망시켰으며(660년), 당나라의 연합군이 고구려를 공격할 때에 부왕이 승하하자, 왕위(661년)에 오른다. 이후 668년에 고구려를 멸망시키고, 676년에는 한반도에 자리를 잡고 있던 당나라를 몰아내고 완전한 삼국의 통일을 이룬다.

진정한 통일을 이룬 문무대왕은 자신이 죽으면 바다에 장사를 지내달라는 유언을 남기는데, 죽어서도 海龍(해룡)이 되어 나라를 지키겠다는 것이었으며, 왕의 유언에 따라서 동해안 감포 앞바다의 수중에 능을 만들어 장사를 지냈다고 전한다. 왜? 문무대왕은 죽어서 해룡이 되시겠다고 했을까?

강원도와 경기도의 산하를 훑어 내리며, 흐르고 흘러 한강의 물줄기가 머문 곳이 팔당댐이다. 수도권과 주위에 살고 있는 2천만의 젖줄인 상수도의 관이 그곳에서 발원하여 검단산을 돌아 객산을 뚫고 광암산을 지난다. 그 물줄기는 초이동과 감북동을 거쳐서 수도권으로 흘러 들어간다. 그가 생전에 얼마나 고르고 골랐을 유택이 수도권 시민들이 먹는 식수원의 발원지인 검단산인가? 산자수려한 터도 많았을 텐데, 왜 이곳을 택했을까? 씨가 떨어져 10년이 지나 싹이 나고, 백년이 지나야 꽃을 피우며, 천년이 지나면 열매가 맺히는 것을!

누가 있어 알아볼 재주나 있을까? 주인(영웅)은 말이 없는데!

제5장
함께 어울리던 시절

아직도 때가 멀었나?

아침에 눈을 뜨면서 새로운 하루를 열어가는 일상이 누구라고 다르지는 않을 것이다. 많은 사람들이 바삐 움직이며 말없이 제 세상을 만들어 가는 것은 자신을 위한 것이지만 남을 위한 것이기도 하다. 세상은 홀로 살아갈 수가 없으며, 보이지 않는 남의 수고가 있기에 그것에 의지하여 서로가 서로를 위하고 존중하며 살아가는 것이다.

나라나 국가도 민족의 거대한 흐름의 힘도 때마다의 영웅들이 때의 일을 하는 것도 그러하다. 영웅들이 시대의 정신을 이끌었기에 때에 힘을 발휘하며 적자생존의 세계에서 떳떳이 살아갈 수 있다는 것을 알아야 할 것이다.

김구가 살아서도, 죽어서도 소원이 우리나라의 완전한 통일이라고 하였는데, 지금 우리는 그 소원의 씨를 얼마나 가꾸었나?

박정희의 숙원이었던 이 땅에 천형(天刑) 같은 가난을 몰아내고 민족중흥의 역사적 사명을 이루어 누구나 잘사는 복지국가를 이루려고 했던 그의 꿈을, 우리는 얼마나 이뤄냈는가?

정주영이 맨주먹으로 기업을 일으켜 세계를 누비며 우리의 문화를 알리고 동족의 땅에도 문화와 관광의 씨를 심었는데, 지금 우리는 그가 뿌린 씨에 싹을 틔어 꽃을 보고 있는가?

역사에 묻혀버린 때의 영웅들은 말이 없는데 이 땅에서는 그들이 때에 행한 일들을 제대로 알아 그들의 꿈을 이루려는 이들이 얼마나일까?

세상살이를 표현할 때에 세월이 흘러간다고들 한다.

이제는 역사가 되어버린 영웅들의 발자취를 우리가 되돌아보는 것은 때의 일들이 쌓여 흐르듯 지나가면서 과거의 역사가 되며, 미래를 만들어가기 때문이다.

지금 세계는 무력전쟁(소모전)의 시대를 지나고 각 나라들은 잘살기 위하여 경제전쟁의 시대를 맞아 치열한 전쟁을 치르고 있다. 잘살면 잘사는 대로 못살면 못사는 대로 각 나라들은 제 나름대로 쌓은 경제와 민족의 자존인 문화를 무기로, 보이지 않는 전쟁을 치르고 있는 것이다.

문화전쟁이란 문화의 교류를 말한다. 문화가 다른 문화와 만나 문화의 세계화를 이루어나가는 것이니 문화교류는 곧 민족 자존을 건 전쟁이다. 세상에 어느 곳, 누구라도 다툼이 없으며, 여유롭고 평화롭게 살기를 바라고, 아름답고 예쁘게 살기를 바랄 것인데, 문화의 세계화란 그런 세상을 이루려는 것이다.

지구상의 수많은 나라와 민족은 왜 기를 써가며 최고의 국가를 이루려고 하는가? 그것은 어느 나라라도 문화는 자신들의 자존이며 우수한 조상들의 자손임을 알리고 자신들의 문화를 널리 알려 공유하려는 것이자, 문화를 내세워 자신들의 영향력을 만방에 드러내려는 것이다. 문화의 경쟁력은 경제가 바탕이 되어 잘 살수록 그 영향력이 크고, 복지국가일수록 그 문화는 깊고 폭넓게 공유하게 된다. 민족의 씨내림이나 민족의 혈통이 어느 개인에 의해서 좌우되는 것이 아니며, 이 땅의 모두가 다 함께 간직하고 있는 바이다. 조상대대로의 문화를 대하며 우리 시대의 시대적인 사명이 어디에 있는가를 살펴봐야 할 것이다.

나라가 없어 힘없는 백성들의 설움을 손수 몸으로 감싸고 빈 껍데기 같은 나라의 이름표를 안고 외국을 떠돌면서도 자주독립국임을 천명하고, 우리 대한민족이 살아있음을 만천하에 알리며 완전한 자주통일을 부르짖었던 김구의 소원을 이 땅의 누구라도 잊어서는 안 될 것이다.

때의 영웅(박정희)이 천형과도 같은 가난을 몰아내고 봄이면 어김없이 굶주렸던 보릿고개를 넘으며 누구나 다 함께 잘 살자며 혼신의 힘을 기울였으나, 우리 민족에게 부여되었던 경제발전과 복지국가의 여망을 이룩하는 데 할애되었던 시간(한 세대 30년)을 채우지 못해 우리는 민족중흥의 역사적 과업을 온전히 성취하지 못하였다.

먹고 살기도 힘에 겨웠던 시절에 기술도 자본도 없는 경제의 불모지에서 경제성장을 이루어 그 바탕으로 농촌을 발전시켰던 박정희는 더 나아가 다 같이 잘사는 복지국가가 그의 꿈이었다. 경제성장의 근간은 이루었으나 누구나 다함께 잘사는 복지국가를 이루고 도덕 중심의 사회를 이루는데 못 채운 시간(10년)만큼의 성장은 우리들이 다 함께 짊어지고 나가야 할 것이다.

정주영은 이렇다 할 학력도, 가진 재산도 없는 이 땅의 많은 이들에게도 성공할 수 있다는 희망을 심어주었다. 많은 돈을 벌었어도 드러내고 자랑하지 않으며, 나라를 위하여 큰돈을 써가며 일을 하고서도 내세움이 없었으니 대인의 면모라 하지 않을 수가 없다.

세상의 모든 것은 항상함이 없이 변하는 것이다. 철학도, 사상도, 정치도, 경제도, 종교도, 문화도 변하며 진화를 한다. 보수나 개혁, 좌익이나 우익도 진화하며 변하므로, 오늘은 어제와 다르다. 어떤 주의나 사상이 이 땅을 휩쓸어도 거대한 민족의 바다에서는 일시적으로 이는 풍랑일 뿐이다. 때론 세차게 보일지라도 잠시 형성되었다가 소멸되는 소용돌이에 지나지 않는 것이다. 민족의 씨내림에 의한 민족의 魂(혼)과 蘗(얼)은 항상 살아있고 깨어 있어서, 모든 격랑을 포용하며 변함없이 도도히 흘러가고 있을 뿐이다.

영웅은 하늘이 내고 하늘이 거둔다

자연의 일들은 때가 되면 어김없이 찾아와 때의 세상을 만든다. 사람은 하늘과 땅 사이에 터 잡고 살아가기에 변하는 계절을 따라 사람들은 제 계절의 일을 하며 생을 이어간다. 살아가는 모양은 형형색색이나, 생은 누구나 귀한 존재이기에 그 존재 자체가 귀하다.

거미는 줄을 타며 살고, 사람은 경위로 산다는 말이 있는 것은 사람답게 행동하고 함께 어울리는 울타리(묵시적인 법)를 벗어나는 행동은 하지 말라는 의미이다.

지도자가 된 사람이나 영웅들의 삶을 들여다보면 일반 범부들과는 확연히 다른 일면들을 보게 된다. 김구나 박정희의 공통점은 한때 학생들을 가르치고 지도했던 교사였으며, 두 분이 사형수였으나 극적으로 사형을 면제받았다는 것이다.

김구는 치하포에서 일본군 육군 쓰치다 중위를 살해한 죄로 사형선고를 받고 복역 중에 사형집행 날에 극적으로 고종황제의 형집행정지 명령을 받는다. 당시 서울과 인천 사이에 전화가 가설되어 개통한 3일째 되는 날이었다니 극적이다. 김구를 살린 고종황제나 김구 자신도 훗날을 몰랐을 것이다.

그러나 김구가 훗날 민족의 통일을 위하여 일을 해야 하는 그릇이기에 살려야 한다는 어떤 힘이 작용하여 살려낸 것만은 분명해 보인다.

세상에 일어나는 일들은 우연을 가장하며 희소하고 희박한 확률로 우리들에게 다가오지만, 어찌 우연인가? 우연을 가장할 뿐 모두가 필연의 일임을 알아차려야 하겠다.

1949년 1월 박정희 소령은 육군 정보국 전투정보과장이 되어 근무하던 중 자신의 좌익 활동에 관한 법적 처리가 명시된 문서를 받는다. ‘소령 박정희. 명, 파면. 면, 사형집행.’ 1948년 11월 육사 7기 생도들의 졸업식이 있던 11일 박정희 소령은 남로당 간부라는 혐의를 받고 김창룡 대위가 지휘하는 1연대 수사팀에 체포된다.

1948년 10월 19일 밤 여수 주둔 14연대에서 남로당 조직책 및 장교들에 의해서 반란사건이 일어났다. 이어 순천에 주둔해 있던 2중대도 반란군에 동조하여 순천을 장악하며 여수와 순천에서는 양민들을 대량으로 학살하는 일이 발생했는데, 이를 여순반란사건이라고 한다.

여순반란사건을 계기로 조선경비대 시절 내내 방치해 두었던 군부 내의 남로당 조직을 소탕하는 계기가 되었다. 숙군 수사가 벌어지게 된 것은 정부로부터의 지시라기보다는 육군 정보국이 나섰다. 이대로 두었다가는 나라가 넘어갈 것이라는 위기의식에서 비롯되었으며, 조사 방법이나 수사에는 무리가 많았다. 증거 주의가 아니라 자술과 고문에 의한 자백을 강요한 수사였다. 이재복의 비서인 김수진이 남로당 조직에 관해 털어

놓자, 박정희도 체포되었다.

박 소령은 김창룡에게 붙들리자마자 이럴 때가 올 줄 알았다고 하면서 자술서를 썼다. 내용은, 박 소령이 육사 생도시절 형 박상희가 대구 폭동 때 경찰의 총에 맞아 죽었는데, 집에 내려가 보니 유족을 남로당 간부인 이재복이 잘 보살펴주고 있었다. 이재복은 박정희에게 책자를 가져다주며 남로당에 가입하도록 꾀면서 형의 원수를 갚아야 하지 않겠느냐는 얘기도 했단다.

자술서를 읽어본 김창룡과 수사요원들은 박 소령이 남로당 활동을 적극적으로 한 정황도 보이지 않고 이념적 공산주의자가 아니라, 인간관계에 얽혀서 또 복수심 때문에 남로당에 가입한 감상적 공산주의자라는 생각이 들었다.

육본 특무과에서 육사 동기였지만 처음 그를 만난 김안일은 그때의 박정희에 대해서 이렇게 말했다.

"자포자기(自暴自棄) 하지도 않았다. 그렇다고 특별히 생명에 애착이 있는 것 같지도 않았다. 살려달라고 구걸하지도 않았다. 그렇다고 의식적으로 태연한 척하지도 않았다. 보통사람 같으면 생사가 갈리는 그런 순간에 얼이 빠져 있을 텐데 박 소령은 자연스럽고 당당했다."

그래서 백선엽 국장에게 살려주자는 제의를 하게 되었다.

서대문 형무소 수감 중에 박정희는 백선엽 정보국장과의 면담을 요청한다.

당시 천여 명이 넘었던 수사대상 중에서 유일하게 면담을 요청하였기에 백선엽은 얘기나 들어보자는 심사로 박정희의 면담을 허락하여 만난다.

정보국장실에 수갑을 찬 채로 들어선 박정희는 거친 수사에 거의 망가진 모습이었으나, 뭔가가 달랐다.

생을 포기하지도 않았고 생에 대한 애착이 커 보이지도 않아 담담했기에 오히려 강한 인상을 받았다. 박정희는 입을 열고 한 딱 한 마디는 "저를 도와주십시오"였다.

변명과 억울함의 호소가 아니라 인정할 것은 인정하겠으니 선처해 달라는 인간적인 호소였다.

한 사람의 생사가 갈리는 비상한 상황에서 군(軍)의 위계질서 때문에라도 뭐라고 단언할 수 있는 분위기가 아니었는데도 백선엽은 무심코 "네, 도와드리지요"라고 했다.

삶과 죽음을 갈랐던 그날의 면담은 서로 한 마디씩 두 마디의 말만 남기고 그렇게 끝이 났다.

그의 태도에 감명을 받았지만 살려주자는 판단을 하게 된 또 다른 이유는 군부 내에서 박정희의 평판이 좋았기 때문이었다. 당시 군 수뇌부에는 만주군관학교 수석 졸업에, 일본 육사 정규코스를 받은 엘리트 장교가 별로 없었다.

박정희에 대해 '역시 인물은 인물이다'는 평가가 지배적이었기에 일단 구제하고 보자는 분위기가 지배적이었다.

이런 상황에서 면담을 마친 백선엽이 결심하자, 구명운동은 탄력을 받게 된다. 숙군 수사의 핵심간부인 백선엽, 김안일, 김창룡 등 세 명의 연대보증으로 심문이 끝난 뒤 서대문형무

소로 이감되었다가 체포 한 달여 만인 12월 10일 석방되어 풀려난다.

거의 군 수뇌부 전체가 동원되다시피 했던 구명운동은 군 통수권자인 대통령을 포함한 권력 최상층부(미 군사고문)의 의사결정도 호의적이었음을 알 수가 있다. 항간의 소문처럼 자신이 살려고 알고 있는 남로당원들을 밀고하여 풀려났다는 것은 잘못 알고 꾸민 소문에 불과하다.

그의 수사를 담당했던 김창룡은 '모든 사람은 공산주의자일 가능성이 있다' 는 생각에 남로당 색출에 철저했던 사람으로 정평이 나 있었다. 그런 사람이 동료와 상관에게 살려주자는 얘기를 했고, 박정희를 심문한 김안일도 그의 당당한 태도에 매료되어 살려 주자고 하는 마음이 생겼다. 면담제의를 받은 백선엽이 숙군 대상인 남로당원으로 인정했으면 묵살할 만도했으나, 만나서 도와달라는 한 마디에 도와주겠다고 했다. 왜 그랬을까?

김안일, 김창룡과 함께 3자가 연대보증을 서가며 염라대왕의 밥상에 오른 박정희를 살려낸 것은 분명 어떤 힘이 작용한 것이 분명해진다. 박정희는 실제 공산주의가 아니었던 것도 분명하다. 남로당원으로서 실제 행동을 했다면 구제받지도 못했겠지만, 면책을 받은 후 그는 민간인으로서 북한군의 정보를 수집하는 핵심부서인 전투정보과의 보직을 받고 근무했다. 남로당의 전력에 의심이 있으면 결코 앉을 수가 없는 자리였다.

박정희는 숙군 대상으로 중형선고를 받은 장교 중의 유일하게 살아남았다. 사람의 命(명)은 하늘에서 주관하며 할 일이 남은 사람은 일을 마칠 때까지는 데려가지 않는다고들 하는데 그래서였을까?

사형을 면한 김구나 박정희나 생을 마감하는 그날까지 이 땅의 백성들에게는 한 사람은 민족정신과 혼을 심어주었고, 한 사람은 민족중흥의 역사를 쓰며 풍성한 먹을거리를 안겨주고 갔다.

분명한 것은 하늘도 이 땅에 자손들에게 가난을 떨쳐내고 번영을 누릴 수 있도록 일을 할 일꾼과 민족중흥의 때를 알고 있었다는 것이다.

함께하던 때의 이야기

1969년 경부고속도로 건설이 한창일 때에 정주영은 박정희 대통령의 호출을 받고 청와대에서 대통령과 마주하여 얘기를 나누게 된다.

그런데 대통령과 얘기를 나누던 정주영은 자신도 모르게 잠에 골아 떨어져 버린다. 5분, 10분, 코를 골며 잠시 동안 자다가 번쩍 깼다. 순간 정주영은 '아차! 이거 큰일 났구나! 대통령을 면전에 두고 잠을 잤으니 이거 보통 실수가 아닌데!' 하는 생각이 들면서도 잠시 동안의 잠이 어찌나 맛있게 잤던지 머리는 개운했다.

작은 탁자를 사이에 두고 얘기 도중에 면전의 코앞에서 잠을 잤으니 대통령이 느낄 수 있는 황당함이나 정주영의 황망함을 어찌 말로 할 수나 있었을까?

안절부절 못하는 정주영이 "각하! 너무 죄송합니다" 하고 사과의 말을 했다.

대통령은 정주영의 손을 잡았다.

"정사장, 이거 내가 피곤한 사람을 불러서 원 미안하구만!"

대통령의 한 마디에 정주영은 감동을 했다.

경부고속도로의 개통 일을 잡아놓고 대규모 군사작전을 방불케 하는 공사를 지휘하느라 엿새 동안 양말도 갈아 신지 못하고 일을 하던 처지였지만, 대통령의 호출에는 응하지 않을 수가 없었다. 피곤한 몸을 끌고 올라와 대통령과 얘기를 나누려 의자에 앉는 순간, 누구의 앞이라는 것도 알 바 없는 피곤한 몸은 곯아 떨어졌던 것이다.

박정희는 상대방의 실수를 슬쩍 눈감아 주고 다독여 주는 그런 지도자였다. 지금의 정치인이나 기업인을 바라보는 사회의 눈이 썩 곱지만은 않지만, 당시 정치인이나 기업인들은 때가 묻지 않았었다. 오로지 공통의 과제를 최고지도자와 기업인이 서로 감싸며 힘을 합쳤던 시대의 이야기이다.

그날의 감동은 불도저처럼 밀어붙이고 현장을 순시하다가 조는 직원을 볼 때면 화를 내며 꾸짖던 정주영을 한 발 물러서서 기다려주는 습관을 갖게 하였다. 그 후로 근무 중에 조는 직원을 보게 되면 정주영은 다른 곳을 더 돌다가 와서 직원을 살짝 깨우면서 "이거 원 내가 미안하구만!" 하였다고 한다. 이런 정주영의 배려에 정작 그 직원은 미한해하며 감사했을 것이다. 지난날 자신이 대통령에게서 받은 배려와 고마움을 담고 살았던 것에서 이런 행동이 나왔을 것이리라.

대통령의 휴가, 여기서는 못자!

대통령은 여름휴가를 진해에서 자주 보냈다고 한다. 1972년 여름휴가도 진해 앞바다의 가까운 섬(저도)을 찾았다. 먼저 번 휴가를 다녀가면서 경호실장 박종규에게 "저도의 목조 건물을 수리해서 잠을 잘 수 있도록 하면 어떨까?" 라고 일러 두었다. 그러나 휴가철에 내려와 보니 정감어린 집은 없어지고 새로운 석조건물이 지어져 있었다. 겉모습과 내장재도 소박한 일반주택만한 2층집이었다. 박정희는 버럭 역정부터 냈다. "누가 새로 지으라고 했어? 뭘 시키면 꼭 이렇게 엉뚱하게 해? 나 여기서 못자! 진해로 나가서 잘 거야!"

박정희의 역정에는 이유가 있었다. 진해는 장군으로서 육군대학을 다니던 때에 부인과 함께하며 남달리 추억을 머금고 있던 곳이었다. 박정희는 준장(5사단장)시절 대통령 선거를 치르며 부정선거의 지시를 받았다. 그러나 그는 "선거에 관한한 나는 사단장이 아니다. 귀관들이 알아서 해라." 자유당정권에 비협조적인 결정을 내리고 지시에 따르지 않았고, 이런 박정희의 행동은 상부에 보고되었다.

선거는 이승만의 압도적인 표 차이로 자유당이 승리를 했고, 박정희는 상부의 명령을 따르지 않았다는 것과 5사단 내의 장병이 탈영했다는 이유로 5사단장에서 해임되었다. 그리고 장성으로서 유례없는 육군대학에 입교 명령이 떨어져 진해에서 생활을 하게 되었다.

부부는 어려운 생활 가운데서도 행복했다. 박정희는 일과가 끝나면 집으로 돌아와 아내와 해변을 걷기도 하고 언덕에 올라 석양의 바다를 바라보며 즐기기도 했었다. 학생 장군 박정희는 경제적으로 어려움을 겪기도 했는데, 언젠가는 먹을 쌀이 떨어진 적도 있었다. 부관 한병기에게 글을 써주며 1군 사령부 김재춘 참모장에게 전하라면서 도움을 청했다. 글을 본 김재춘은 쌀 5가마를 보내주었다.

대통령의 추억과 향수가 서려있기에 진해를 즐겨 찾는 것을 수행원들이 알 턱이 있었겠는가?

대통령의 벼락이 떨어지자 수행원과 측근들은 "진해공관은 준비가 안 되어 있으니 오늘만 여기서 주무시는 것이 어떻습니까?"라고 말했다.

"……."

언짢은 표정을 풀지 않은 채 건물로 들어선 대통령을 방으로 모셔놓고, 이어 측근들은 긴급회의를 갖는다.

모처럼의 휴가인데 대통령의 기분을 망쳐 놓았으니 어떻게라도 돌려놔야 했다. 궁하면 통하는 법인가. 한 측근이 "어! 그렇지!" 했다.

마침 가까운 곳에 집을 지은 정주영이 있었던 것을 알아냈다. 평소에 대통령과 잘 통하는 것을 알아서 측근들은 정주영에게 사정을 말하고 모셔오기로 한다.

다음날 아침 대통령이 하루를 시작하는 시간에 맞춰 정주영이 대통령을 자연스럽게 만난다. 정주영은 시원시원하게 사실을 털어놓는다.

"실은 제가 새로 짓자고 제안을 하였고, 그래서 집을 헐고서 새로 지었습니다. 각하께서 쓰실 집인데 뭐가 아깝겠습니까? 돈도 많이 들지 않았습니다."

"……."

대통령은 아무 대꾸도 하지 않았다.

그러나 얼마의 시간이 지나지 않아서 둘은 이내 공통의 관심사에 대한 얘기를 나누고 있었다. 경제와 나라의 이야기에 빠졌고, 그러는 사이에 상했던 기분도 풀어졌으며, 집 문제도 슬며시 넘어갔다.

두 사람 사이에는 대통령과 기업인 사이의 거리감을 무시해도 좋을 만큼 사이가 좋았다.

박정희는 체질적으로 소박했으며, 경제성장의 수단으로 재벌을 인정했다. 사치 호화판 생활이나 사회적 횡포에는 거부감을 품었으나, 체질적으로 부지런하고 성실한 정주영을 좋아했던 것이다.

"그 사람 생긴 건 막걸리인데 일하는 건 위스키야!"

영웅은 역사를 거스르지 않는다

때가 되면 누구라도 때의 짓거리를 하며 때가 지나면 하라고 멍석을 깔아주어도 하지 않는다. 때의 일은 지난 일이 되고, 많은 시간이 흐르면 잊히고 묻히면서 과거의 일이 되어 버린다.

같은 시대를 살며 같은 일을 같이 보고, 들으며 지나왔어도 지나온 길을 물어보면 하나의 사건에 대해 같은 대답을 듣기는 어렵고 불가능하다. 그것은 모든 사람들의 씨(부모)가 다르고, 因(인)이 다르고, 緣(연)이 다르기 때문이다. 즉, 환경과 생각과 행동이 각기 다르기 때문이다.

때의 영웅들이 나서서 신화 같은 일들을 이루어 놓고 갔건만 그들에 대한 평가가 시대에 따라 각양각색임은 평가하는 이들의 환경과 생각, 행동이 각기 다르고 바라는 목적 또한 다르기 때문이 아닌가 싶다. 때의 일이란 때가 지닌 힘으로 할 수 있는 일을 말하는 것이니 60년대와 70년대에 박정희 대통령이 아닌 다른 지도자가 그 자리에서 일을 했다면 그만큼의 업적을 이룩할 수가 있었을까?

　이 강산의 구석구석을 누비며 열심히 일을 한 그의 공을 희석시키는 사람들은 별별 이야기가 시대를 달리하면서 많이 나온다. 귀에 걸면 귀걸이요, 코에 걸면 코걸이인 세상에 의견이 서로 다르다고 해서 시시비비할 필요는 없을 것이다. 훗날의 평가 또한 때의 일이며, 생각이기 때문이다. 분명한 것은 세월이 지나도 영웅의 업적은 없어지는 것이 아니며, 누가 무어라 한들 그가 한 일들은 변함없이 우리의 삶에 영향을 미치고 있다는 것이다.

　힘이 있으면 있는 만큼 큰일을 벌이고 힘이 적으면 작은 일을 벌이는데, 그것은 때의 힘이라고 할 수가 있다. 힘없는 자가 무슨 일을 하겠나. 그저 힘 있는 자에게 복종할 수밖에 없을 것이다.

　663년 8월 서해의 변산반도 자락의 동진강(백강)에서 해전이 있었다. 동북아시아의 역사를 바꾼 최초이자 최대의 이 연합대해전은 신라와 당의 연합군과 그에 맞서는 백제 부흥군과 부흥군을 도우려고 파병된 왜군들 사이의 태그매치였다.

　백제는 이미 660년 수도인 사비성이 함락되면서 의자왕과 태자의 투항으로 나라는 망했으나, 남잠성, 진현성, 임존성 등의 20여 개 성은 백제군에 의해 건재했다. 왕족인 복신과 승려인 도침이 주류성을 거점으로 백제 부흥을 위해서 항전을 하고 있었다.

신라의 공격을 받은 의자왕은 왜국에 급히 사신을 보내어 구원을 요청했고, 급박한 백제의 소식을 접한 왜왕은 즉시 백제 부흥군을 조직했다. 병사 일부와 백제 왕족인 풍을 먼저 백제에 파견을 하며 전쟁을 준비한다. 당시 37대 천황 濟明(제명)은 661년에 직접 군사를 이끌고 바다를 건너 백제를 도우려 하였으나, 그해 7월 사망하였고, 38대 천황 天智(천지)가 뒤를 이어 이듬해 정월 군선 170척을 보냈고, 663년에는 2만 7천명의 원군을 파견했다. 왜왕의 행보는 어찌하여 이리도 급했었을까? 백제의 멸망은 왜의 입장에서 집안의 일이나 가문의 일이었기 때문에 좌시할 수가 없었다. 왜왕은 망해버린 백제의 부흥을 위하여 총력을 기울인다. 2년 반 동안 준비하며 3차에 걸쳐서 전함 1,000여 척과 병력 3만여 명을 파병하는데, 당시 왜국의 인구를 500만으로 추정하고 있으니 국가의 존폐를 걸었음을 엿볼 수 있다.

당시 백제 부흥군들은 왕족인 복신과 승려인 도침이 왕자인 부여풍을 백제왕으로 옹립하여 백제왕의 이름으로 결사항전했다. 사비성을 포위하고 연합군에게 타격을 입혔다. 신라에서 상당한 규모의 원군이 와서 반격을 시도하였으나, 부흥군은 번번이 원군을 격파하여 사기가 충천하였다. 그러나 백제 부흥군은 내부로부터 무너졌다. 도침과 복신을 중심으로 조직을 갖추었으나, 복신이 도침을 죽이는 內訌(내홍)이 일어나며 극심한 내분에 휩싸여 하나로 뭉치지 못하고 있었다. 그러던 차에 왜국에서 2만 7천여 명의 병력과 400여 척의 배를 이끌고 구원군이 오고 있다는 것을 안 풍왕은 주류성의 방위를 신하들에게 맡기고 성을 나와 왜국에서 오는 구원병들과 합세를 한다.

663년 8월 27일 결전의 날이 밝았다. 백제 부흥군과 신라 연합군을 합친 규모는 전함이 1,000여 척이 있고, 군사의 병력이 10만이 넘었다.

그날의 해전은 하늘에서도 왜군과 백제의 부흥군을 도와주지 않았다. 백제의 부흥군은 바람을 안고 싸우는 형세가 되어 바람이 조금만 불어도 적의 화공에 노출되어 위험한 상태였다. 아니나 다를까, 네 차례의 접전에서 왜군과 백제 부흥군은 화공을 받아 싸움다운 싸움도 해보지 못하고 바다를 핏빛으로 물들이며 당나라 수군과 신라의 연합군에 대패를 당하고 만다. 육지에서는 주류성이 함락되면서 백제의 부흥운동도 종말을 고하게 된다.

일본 황실에서 백제를 되찾겠다며 국가의 명운마저 걸었던 백강구 전투는 패배에 인색한 그들의 기록인 《일본서기》에서도 엄청난 패배라고 적고 있다. 백강의 전투에서 패배하여 백제가 망한 것에 대한 기록은 이렇다.

— 9월 7일 정사(丁巳). 백제의 성이 唐(당)에 항복하였다. 일을 어떻게 할 수가 없다. 백제의 이름은 오늘로 끊어졌다. 조상의 분묘가 있는 곳을 어찌 또 갈 수가 있겠는가. 가서 장군들을 만나 상의하자. —

백강구 전투가 있고 열흘 후의 기록이다.

왜국의 군대가 이 땅에 들어온 것도 이유야 어찌 되었든 1,300여 년 전의 일이며 신라가 이 땅을 통일하지만 백제와 일대일의 싸움이 아니었다. 약세인 신라는 당나라를 끌어들여서 백제를 이기고 신라에 복속시켰다. 백제 사람들은 나라가 망하여 신라에 복속은 되지만 외세를 끌어들였기에 비겁한 신라인들이라고 하며, 세월이 지나도 눈에 보이지 않는 항전을 해오고 있었다고 보겠다. 이것이 지금의 지역감정의 한 원인이기도 하다.

태어나서 자라는 시기가 일제의 식민통치의 시대였기에 그들에게 교육받고 그들의 사관학교를 다녔다고 하여 친일파라고 하는 것도 어찌 보면 힘없던 민족의 비극이요, 태어나면서 짊어진 원죄가 아닌가 싶다. 박정희는 가난한 나라의 백성을 위하여 스스로 가난한 나라의 대통령이 되었다.

아무리 잘살아 보려고 발버둥을 쳐도 누가 우리를 위하여 선뜻 나서준 나라가 있었는가? 나라를 담보로 돈을 빌려서라도 경제를 일으키려 했으나, 그것조차도 용이하지가 않았었다. 가난하고 초라한 나라의 대통령이 되어 그의 노력으로 풍요로운 세상을 만들었으니 이제라도 그의 행적을 제대로 알아야 하겠다.

사무친 가난을 몰아내고 근대화를 이루기 위하여 그는 발이

닿도록 뛰었다. 통수권의 자리는 누구와 나눌 수 없는 자리였기에 18년이나 법을 만들어가며 누구나 잘 살아야 한다는 신념으로 나라의 살림을 늘리고 소모적인 정치는 배제했다. 그의 자리를 노리는 사람들에게는 그가 적이었을 것이고, 그의 몰락을 바랐을 것이다.

세월이 흘러 나라의 이름이 바뀌었어도 우리가 지닌 뿌리 깊은 파당정치를 잊을 수가 있겠는가? 우리들에게는 조선 5백년의 이율배반적이고 자가당착적인 파당의 피가 흐르고 있다. 도덕정치를 앞세운 이조의 파당정치가 쇄국정책을 만들어 결국 일제의 식민지로 이어지며, 해방이 되어도 나라가 분단되는 결과를 낳았다.

박정희는 자신만이 할 수 있다는 때의 시대적 사명감과 신념을 지니고 민족중흥의 역사적 사명감에 스스로 독재자의 길을 선택했다. 가난에서 벗어나 근대화를 이룩하는 민족의 숙원을 위하여 그는 요즘 기준으로 악역을 맡은 것이다. 그가 독재의 길을 갔다고 해서 몸 바쳐 이룩한 그의 功(공)을 덮어서는 안 될 것이다. 백성은 언제나 기다린다. 백성들 누구나 잘 사는 나라를 만드는 지도자를. 그가 독재자라 해도 백성을 위한 정치를 편다면 그의 편에 설 것이다.

요순시대의 태평성대를 누리는 백성들은 누가 정치를 하든 상관도, 알 필요도 없었다. 국민들이 풍요로움을 누리고 양심을 지녀 염치와 부끄러움을 알고 정치를 펴는 지도자라면 18년이 아니라 30년, 50년, 100년의 장기집권인들 무슨 상관이 있는가? 때의 영웅들이 닦아놓은 이 풍요와 번영을 지켜간다면 옛 고토의 땅에 우리의 힘이 뻗어 나갈 것이며, 한때 힘이 없어서 남에게 내어준 땅들을 다시 찾을 수 있는 길이 열릴 것이다.

누가 해줄 수도 없는 일이며, 누가 해주길 바라서도 안 되는 일이 아닌가? 그러려면 이 땅에 도덕의 꽃이 피어야 하고 열매가 맺어야 할 것이다.

제6장
새로운 영웅은
'道德(도덕)'을 담고 온다

뒷전으로 밀린 공자의 도덕정치

문화를 공유하며 꽃을 피우면 꽃에서는 향기가 피어날 것이다.

문화에 담겨있는 역사와 전통의 꽃은 그 땅에 배인 道德(도덕)이 곁들여져야 제대로의 향기를 피운다.

道(도)란 마땅한 움직임과 당연한 행동을 뜻한다. 쉽게 또는 빨리 움직이거나 보여주는 것이 아니다. 천천히 쉬엄쉬엄 간다는 辵(착)과 행동을 하기 전에 생각을 하라는 뜻이 담겨있는 머리수(首)로 이루어진 글자이다. 德(덕)이란 心(마음)의 皿(그릇)에 담겨있는 것을 이웃과 여러 사람에게 行(베풀라)는 뜻이 담겨있다.

눈에 보이는 것만 쫓아서 행동하는 값싼 행동을 하는 것이 아니라, 마음에서 우러나와서 남에게 베푸는 것이 진정한 덕이 될 것이다. 따라서 도덕이 있어야 문화의 꽃에서 향기를 피울 수가 있다. 세상에서 가장 아름답고 예쁜 꽃은 문화의 꽃이며, 가장 좋은 향기는 도와 덕의 향기라 할 것이다.

세계 문화의 바다에 한류가 일어 세계로 우리의 문화가 널리 알려지고 있는 이즈음, 세계는 동방에 숨은 은자의 나라에게 문화의 도움을 청하고 있다.

그들에게 우리는 공자의 도덕정신의 맥이 흐르는 유일무이한 도덕군자의 나라였음을 알려주어야 할 것이다.

춘추전국시대 노나라에서 태어난 공자는 자신의 학문을 완성하여 유교의 기틀을 이룬다. 당시의 어지러운 세상에 자신의 뜻을 정치에 응용하여 능력과 뜻을 펼쳐보고자 하였으나, 마땅히 찾아주는 곳이 없었다. 그때에 제나라의 경공이 공자가 학문의 일가를 이루었고, 예절과 음악에도 조예가 있다는 소문을 듣게 된다. 경공은 공자를 청하여 그의 능력을 살피기 위해 얘기를 나눈다.

"선생! 어찌해야 나라를 잘 다스릴 수 있을까요?"

경공이 물으니 공자는 이렇게 답했다.

"왕은 왕으로서, 신하는 신하로서, 어버이는 어버이로서, 자식은 자식으로서 각자 자기의 역할을 충실히 해내는 것이 우선입니다. 나라가 잘 되려면 모두가 자기 위치에서 열심히 살아갈 수 있도록 해야 하며, 그것이 도리와 예를 아는 것입니다."

경공과 공자의 문답이 이어진다.

“나라의 정치를 어떻게 해야 합니까?”

“모든 사람이 재물을 아껴 써야 합니다.”

“그렇지요! 맞는 말씀입니다. 모두가 자기의 도리를 지키고 예절을 알아 나라의 돈을 아껴 쓴다면 모두가 평화롭겠지요.”

경공은 감탄하며 무릎을 쳤다. 경공은 공자에게 벼슬을 주어 제나라의 정치를 쇄신하려고 하였으나, 대신들의 반대에 부딪친다.

“전하! 원래 학자들이란 말로만 떠들어 댈 뿐입니다. 말재주만을 믿고 공자에게 높은 자리를 주어서는 안 될 것입니다. 공자가 말하는 관혼상제에 대한 예가 너무도 복잡하고 배우기도 어려울 뿐더러 너무도 시시콜콜한 것까지 예를 앞세우고 있습니다. 이 나라의 모든 것을 바꾸려할 것인데, 그렇게 되면 나라의 풍습이 좋아지기는커녕 오히려 혼란을 가져올 것입니다. 그러니 공자를 더 이상 이 나라에 머물게 하시면 안 될 것입니다.”

신하들의 말을 들은 경공은 곰곰이 생각을 하게 되었고, 쉽게 결정을 내리지 못하였다. 제나라의 대신들은 왕의 뜻과는 달리 공자가 왕에게 대우를 받는 것도 불쾌히 여겼으며, 어떤 신하는 공자를 죽이려는 계획을 세우기도 하였다.

결국 공자는 제나라에서 인정을 받지 못하고 고향(노나라)으로 돌아오고 만다. 공자는 노나라로 돌아와서 10여 년간 제자들을 가리키는 일에만 힘을 썼다.

공자는 나이가 50살이 되었어도 자신의 높은 이상인 도덕정치를 펼쳐보려는 생각을 떨치지 못했다.

그때 노나라의 정공이 공자를 등용하였다. 공자는 자신의 이상과 포부를 펼치며 어지러운 노나라의 질서를 바로 잡기에 힘을 기울인다. 모든 부분에서 노나라가 서서히 안정을 취해가는 것을 본 주위의 나라에서는 공자의 정책을 보고 빌어다가 시행을 했고, 공자는 56세가 되면서 재상이 된다. 공자는 그동안 나라를 어지럽혔던 사람들을 처벌하고 정치도 새롭게 펼친다. 이웃한 제나라 왕은 공자가 정치를 개혁하며 노나라가 놀랍게 발전하는 것을 보고 초조해 하였다.

"이웃인 노나라가 정치를 잘하여 강해지면 그 힘으로 이 나라를 쳐들어 올 텐데 어떻게 하면 좋을까? 미리 한쪽의 땅이라도 떼어 노나라에 주어야 하나?"

왕이 신하들에게 의견을 구했다.

어느 신하가 나서며 왕에게 아뢴다.

"미리 그러실 필요는 없습니다. 노나라를 어지럽힐 만한 작전을 쓰는 겁니다. 그래도 안 되면 그때에 가서 땅을 내어주셔도 될 것이 아닙니까?"

신하의 의견에 따라 제나라에서는 미인을 뽑아서 예쁘게 꾸미고 노래와 춤을 익히게 하였다. 그런 뒤에 호화스러운 마차를 준비하여 노나라의 정공에게 보냈다. 그때 노나라의 세력가인 계환자는 제나라에서 온 미녀들을 보고 넋을 잃고서 날마다 왕을 불러서 미녀들의 노래와 춤에 흠뻑 취하여 놀아나면서 나라의 일은 뒷전으로 밀어놓고 거의 돌보질 않았다.

이런 일이 벌어지자 성미 급한 공자의 제자인 자로가 공자에게 말했다.

"노나라가 제나라의 미인계에 빠져서 왕이 정사를 돌보질 않으니 이젠 노나라를 떠나서야 할 때가 온 것 같습니다."

제자가 불평을 늘어놓자, 공자는 자로를 달랬다.

"며칠만 기다려 보자. 며칠 후에 하늘에 제사를 드리는 큰 행사가 있는 날인데, 그날 제사를 제대로 드리면 그래도 희망이 있는 것이다. 그러나 그날도 놀면서 하늘에 제사를 올리지 않는다면 정말 희망이 없는 것이니 기다려 보자."

그런데 막상 행사 날이 되었어도 왕은 하늘에 제사를 지내는 날도 잊고 미인들과 놀이에 빠져서 아무런 준비도 하지 않았다. 이에 공자는 크게 실망하여 노나라를 떠난다. 공자가 떠난 뒤에야 왕과 계환자는 "아! 그까짓 여자들에게 눈이 멀어서 공자님을 떠나게 하는 죄를 지었구나" 하며 탄식을 하였다.

이후 공자는 14년간을 여러 나라를 돌면서 뜻을 펼칠 곳을 찾았으나, 그의 높은 이상인 도덕정치를 어느 곳에서도 받아주질 않아서 다시 고향으로 돌아온다. 공자는 세상이 자기를 너무도 알아주지 않아서 한숨을 쉰다.

"군자라면 죽은 다음에 이름을 남기고 칭송을 받는 법인데, 나는 어떠한가? 나의 뜻은 이루어진 것이 아무것도 없다. 그러면 나는 후세에 과연 무엇을 남길 수가 있겠는가?"

이후 공자는 제자들을 가르치는 일에만 다시 전념하였다.

역사와 군자(君子)의 나라

민족이 나라를 이루어 살면서 일어나고 행하는 일들이 모여 그 민족과 그 나라의 역사가 된다.

그런데 이 땅에 살면서 배운 역사들을 조금씩 되짚어 보면 달팽이가 동굴 속으로 들어가는 듯한 것이 머리를 어지럽게만 한다.

"영웅아, 학창시절에 들은 우리의 고대역사에 대해 아는 대로 얘기를 해 봐라."

"예. 우리 민족은 유구한 역사와 찬란했던 역사를 지닌 배달의 민족이며, 단군의 자손이라는 말을 귀가 따갑게 들었는데요."

"그래, 그 말이 무슨 말인지 알아들었느냐?"

"아니요. 유구한 역사는 수천 년을 이어온 것으로 알 수가 있으나, 찬란한 역사나 배달의 자손, 단군의 자손이라는 말은 뭐가 뭔지 이해가 안 됩니다."

그때 뒤통수가 나서서 말을 잇는다.

"영웅아, 내가 어디서 들은 얘기가 있는데 배달의 자손은 倍達國(배달국)의 자손이라는 말이고, 단군의 자손은 古朝鮮(고조선)의 자손이라는 의미라고 하더라. 고조선 이전에 우리 민족은 배달국이라는 나라를 세웠어. 倍達(배달)이란 밝은 땅을 말하며, 배는 밝음, 광명, 태양, 빛, 하늘을 나타내며, 달은 땅이나 대지를 일컫는 말이야. 배달국은 여러 대에 걸쳐 왕들이

나라를 다스렸다. 배달국 이후에는 단군왕검이 나라를 세우고 (B.C. 2333년) 고조선이라 했단다. 檀君(단군)이란 말은 왕을 뜻하는 말이고, 1대의 단군은 왕검, 2대 단군은 부루, 3대 단군은 가륵, 4대 단군 오사구였지. 45대 여루단군, 46대 보을단군, 47대 고열가단군 대에 북부여로 이어졌대.”

“뭐야? 학교에서 안 가르친 건데 어디서 주워들은 거야?”

영웅이가 놀라며 물으니 뒤통수가 말을 이어나간다.

고조선의 역사조차 신화라고 가르쳐서 그렇게 알고 있으니 그 전에 왕조인 배달국의 역사(1565년 간 존속)는 아예 무시되고 있는 상태다. 분명 배달의 자손이라면 배달의 역사가 있을 텐데, 왜 역사의 몸통은 어디 가고, 껍데기 같은 말만 떠돌아다니고 있나? 배달국의 蚩尤(치우)天王(천왕)이 중국인들의 시조라 하는 軒轅(헌원)과 중원의 탁록에서 전쟁을 벌여서 헌원이 싸움에 져서 물러났으며, 얼마나 혼이 났으면 치우천왕을 銅頭鐵額(동두철액)의 괴물로 묘사를 하였겠나? 여기저기의 기록에 남아있는데도 배달국의 역사가 통째로 무시되고 있는 것은 우리의 힘이 주변국들에게 미치지 못하고 있기 때문일 것이다.

(참고 : 蚩尤(치우)天王(천왕)은 배달국의 14대 천왕이며, 본명은 慈烏支(자오지)천왕이다. B.C. 2707년에 즉위하여 109년을 재위하며 나라를 다스렸다.)

지금 우리가 배우고 있는 역사는 일제의 식민지시대에 일제가 조직적이고 계획적으로 우리의 역사와 문화를 말살하려는 의도에서 만든 왜곡된 역사를 가르치고 배우고 있기 때문에 우리가 역사를 잘못 알고 있는 것은 어찌 보면 당연한 얘기이다.

앞통수가 놀랐다는 듯이 말을 한다.

"지금껏 왜곡된 역사책을 사용하고 있다는 것이 말이나 되나? 아직까지도 일제시대야? 그놈들의 의도대로 아직껏 가르치고 있다니 도대체 뭐야? 언젠가 TV방송에서 高麗(고려)시대의 역사도 상당 부분이 왜곡되었다고 들은 적이 있는데 그럼 이전의 삼국시대, 부여, 고조선의 역사도 상당 부분 왜곡하고, 그 이전 배달국의 역사는 통째로 잘라버렸다면 우린 뭘 배우고 우리 역사는 어떻게 된 거지?"

뒤통수는 계속 말을 이어갔다. 나라가 힘이 있어야만 역사를 제대로 보존, 계승할 수가 있다. 歷史(역사)란 시대를 지배한 자들의 소유물이기 때문에 나라 잃고 쫓기고 쫓기며 변방으로 밀리면 그 역사는 온전히 기록될 수는 없는 것이다. 설사 자리를 보존했다고 하더라도 강대국의 눈치를 살펴야 하는 처지가 되는 것이다. 제 것이라도 제 것이라고 나서서 말할 수도 없는 것이 현실이다.

일제가 식민시대에 우리의 역사책을 만들 때 古朝鮮(고조선)의 역사를 신화로 만든 것은 고조선의 역사 속에 일본 역사의 始祖(시조)가 들어 있기 때문이었다. 자신들이 우월하다는 황국사관에 젖은 일제의 사학자들이 계획적이고 고의적으로 고조선의 역사를 신화로 두루뭉술하게 만들어 버린 것이다.

중국도 자신들의 正史(정사)라며 자랑하는 사마천의 《25사》
의 기록을 자신들에게 유리하도록 제멋대로 첨삭하고 해석도
비뚤게 하고 있다. 왜 그들은 이렇게 역사를 꾸미려드는 것일
까? 역사는 힘이기 때문이다. 역사의 기록은 선대의 행적이며
민족이 지나온 기록이다. 역사에는 민족의 魂(혼)과 蘖(얼)과
정신이 담겨있으며, 조상(뿌리)의 힘을 대변한다. 그 후손들은
때의 조상들이 남긴 역사에서 힘을 얻는다.

힘이 없어 빼앗기고, 짓밟히고, 왜곡되어 찢긴 역사를 당장
에야 어찌할 수 없지만 힘 있는 만큼이라도 찾아야 할 것이다.

우리가 倍達(배달)의 자손이라면 껍데기만으로 살 수는 없
기 때문이다.

군자 나라 조선의 당파싸움

고려왕조를 무력으로 무너뜨리고 왕권을 쟁취한 태조 이성
계는 억불숭유정책을 내세운다.

고려조에 숭상하던 불교를 억제하고 유교를 숭상한다는 정
책인데, 개국을 하면서부터 조선은 분당과 파당의 불씨를 안고
출발하였다고 할 수가 있다.

공자가 살던 시대에도 환영받지 못했던 유교가 공자 사후에
1,800년이 지나서 조선이 공자의 도덕정치를 해보겠다고 깃발
을 내걸면서부터 파행과 굴곡은 예견되었다.

개국 초 왕권을 쟁취하는 과정에서 협조한 공신들에게 관직과 재산으로 땅을 떼어주고, 그 자손들에게 세습하도록 하였다. 어린 조카(단종)를 몰아내는 데 협조한 공신들에게 세조는 관직과 땅을 하사하며 세습토록 하였다. 이와 같이 왕권쟁취에 공을 세워서 관직을 얻은 공신들을 勳舊派(훈구파)라 한다.

한편 고려시대로부터 내려온 道學(도학)이나 儒教(유교)를 공부하여 등용된 선비들을 士林派(사림파)라 한다. 사림파는 성종 때부터 등용되어 벼슬은 낮았으나 유교에서 나온 학식으로 도리와 순리를 중요시했는데, 같은 뜻을 지닌 사람들끼리 서서히 세력을 형성하게 된다.

조선의 역사에서 선조로부터 광해군, 인조 3代(대)의 정치(당파)를 살펴보면 임진왜란부터 병자호란을 불렀던 도덕정치의 실상이 잘 드러난다.

득세한 사림파들은 선조시대에 吏曹正郎(이조정랑)을 추천하는 과정에서 파당을 형성했다. 이조정랑을 역임한 김효원과 그를 이을 이조정랑으로 추천된 심의겸에 대한 찬성, 반대로 편이 갈렸던 것이다. 김효원과 심의겸이 살던 지역을 중심으로 東人(동인)과 西人(서인)으로 구분되었다(1575년경).

동인은 이황과 조식의 문하인들로 김효원, 유성룡, 김성일, 이발, 이산해, 송응개, 이원익, 이덕형 등이었고, 서인은 이율곡과 성혼의 제자들로 심의겸, 정철, 정엽, 송익필, 조헌, 윤두수, 윤근수, 이산보 등이다. 서인 李栗谷(이율곡)의 사망(1584년)

후 동인 이산해가 영의정에, 정언신이 우의정이 되면서 '동인 천하'를 이룩하였다.

1590년(선조 23년) 통상교섭과 일본의 정세를 파악하기 위하여 황윤길을 정사로, 김성일을 부사로 하여 일본에 통신사절을 보낸다. 그들을 일본에 보내는 이유 중 하나는 조선정가에 왜가 조선을 침략할 지도 모른다는 불안한 소문이 있었기 때문이었다. 사신들이 1년 뒤에 돌아와서 한 얘기는 영 딴판이었다. 정사인 황윤길은 전쟁 가능성을 점쳤다.

"도요토미 히데요시는 범상치 않은 인상이었으며, 전쟁을 일으킬 준비를 하고 있었습니다."

그러나 부사인 김성일의 말은 달랐다.

"전하! 도요토미 히데요시는 생긴 것도 생쥐를 닮았고, 그에게서 범상한 기운은 느끼지도 못했으며, 왜국의 어디를 보아도 전쟁을 준비하는 징후는 보지 못했습니다."

조정에서는 요직에 동인들이 많아 동인인 金誠一(김성일)이 보고하는 내용을 따랐다. 국가의 존립에 해당하는 중대사를 같은 당파에서 주장하는 내용을 맹목적으로 따르는 위험한 결정을 하였던 것이다. 더욱 한심스러운 일은, 동인들은 국민들이 불편해 한다는 이유를 내세워서 지방의 성벽을 고치거나 무기수리와 군사훈련을 하던 것까지도 백성들에게 불편을 준다며 중단시켰다.

정치인(당파)들이 임금을 속이고 전쟁에 대해서 아무런 준비도 없는 세월을 보내다 임진왜란을 초래했으니 정파의 이익에 따른 판단이 얼마나 무서운 행동인가? 1년 뒤 임진왜란이 일어나났을 때 왕은 김성일과 동인들에게 책임을 중하게 물었어야 했다. 그런데 임진왜란이 일어난 후에도 동인들은 건재했고, 김성일은 오히려 승진하여 경상우도 병마절도사가 되어 있었다.

책임을 묻고자 하는 시도가 없었던 것은 아니었다. 선조는 왜국에 다녀와서 잘못 보고한 책임을 묻고자 의금부도사에게 김성일을 잡아오도록 하였다.

김성일이 경상도에서 체포되어 서울로 압송되어 올라오는 도중 충청도 직산 근처에 이르렀을 때 상황이 바뀌었다. 김성일과 같은 동인 영의정 이산해와 좌의정 유성룡이 왕을 설득하여 죄를 사면하고 다시 벼슬을 주도록 한 것이다. 선조는 경상우도 招諭使(초유사)로 김성일을 임명하여 경상도 지역의 민심을 수습하고, 국민을 모아 적을 막으라는 명을 내려 보낸다.

많은 학자들이 壬辰倭亂(임진왜란)의 발생 원인을 당파싸움에 의한 정치적 혼란과 분열을 가장 큰 이유로 꼽는다. 당파싸움으로 인하여 민심이 흩어지고 사회가 정체되었으며, 국가 기강이 해이해져 국방이 허술해진 결과로 본다.

당파싸움의 원인은 벼슬은 한정되어 있는데다가 대대로 세습되었기 때문이다. 조선 초 각종 사건 때마다 공신들이 생겨나고, 이들에게 부여할 관직이 부족하였으니 당파싸움은 이들이 관직을 차지하기 위한 싸움이라고 볼 수 있다.

동인과 서인으로 갈라진 파당은 1591년 이후 동인에서 鄭如

立(정여립)의 반역사건을 조사, 처리하는 과정에서 크게 반목하게 된다. 당시 동인에게 타격을 가한 鄭撤(정철)이 다음 왕이 될 세자책봉 문제에서 후궁 공빈 김 씨의 둘째 아들인 光海君(광해군)을 추대하고자 하면서 선조의 미움을 샀다.

정철은 평안도 강계로 귀양 갔다가 이듬해 왜란이 일어나자 다시 복귀되었으나, 1년 뒤 죽었다. 왜란이 발생하자, 선조는 피난 중인 평양성에서 광해군을 세자로 책봉한다.

정철의 죄를 처리하는 정도를 두고 동인 내에서 온건파와 강경파로 나뉘면서 南人(남인)과 北人(북인)으로 갈라진다. 남인은 퇴계 문인으로 유성룡, 김성일, 이덕형, 이성중, 우성진, 이원익 등이다. 북인은 정여립을 요직에 추천했던 사람들로 화담 서경덕과 남명 조식 문하의 이발, 최영경, 정인홍, 이산해 등이다.

북인에는 절개와 의리를 중시하는 의병장 출신이 많았는데, 임진왜란 중 일본에 대하여 강력한 대응을 주장하여 정권을 잡았다.

1599년에는 북인이 또 大北(대북)과 小北(소북)으로 갈라졌다.

대북은 기성 북인세력으로 이산해, 기자헌, 정인홍, 허균 등이며, 소북은 남이공, 김신국, 유영경 등 신진세력이었다. 이후 대북은 육북, 골북으로, 소북은 탁소북, 청소북으로 갈라지고, 중북이 생겨났다.

세자 광해군은 정식 왕비가 아닌 후궁의 둘째 아들이라는 점을 문제 삼아 영의정 유영경 등이 적자로 4살짜리 영창대군을 세자로 책봉하고자 하였다. 선조가 죽을 때 왕을 광해군으로 하라는 지시를 하였으나, 이들은 이를 따르지 않고 영창대군을 추대하고자 하였다.

1608년 光海君(광해군)이 33세의 나이에 왕으로 즉위하자, 유영경, 김대래 일파는 대부분 귀양을 가거나 사약을 받았다. 광해군 추대를 적극적으로 주장했던 북인들은 정권을 잡고 전성기를 맞이하였다.

1623년 인조반정 이후 다시 서인이 집권하면서 북인 거두들을 대부분 숙청하였다. 이후 한동안 남인과 서인이 서로 공조 체제를 유지하다가, 효종 때 宋時烈(송시열 : 1607~1689)에 의해 老論(노론)과 少論(소론)으로 갈라졌다.

조선의 3대(선조, 광해군, 인조)의 당파를 살펴 본 것은 시대적으로 조선의 중기에 속하는 이 시기에 조선은 임진왜란과 병자호란의 큰 외침을 겪은 시기였는데, 이로 인한 전쟁은 정치와 당파의 분쟁으로 인해 발생되었기 때문이다.

네가 정녕 灋(법)을 아느냐

계절이 가을에 들어서면서 한낮에는 더위를 느끼지만 아침 저녁으론 제법 선선해졌다. 산의 정상에 올라 땀을 식힐 겸 앉아 있자니 웬 겁 없는 메뚜기가 품으로 뛰어 든다.

손으로 떼어서 멀리 가라고 풀밭으로 던져 주고 눈을 들어 사방을 어림해보며 산의 정상들을 훑어보는데, 어느 한 곳에 이르러서는 반백년의 세월이 흘러갔건만 기억의 언저리에서 생생한 기억들이 되살아난다.

지방에서 올라와서 아래채를 얻어 세 들어 살면서 대학공부를 하는 형이 있었다. 시청의 임시직원으로 일하며 차를 몰던 형은 가끔은 집 앞에 세워두곤 했다. 그 청소차를 타보고 싶어서 떼를 쓰면 사람 좋은 그 형은 가끔씩 차를 태워주곤 하였다. 나라의 살림살이가 어려웠던 때인지라 관공서에서 운행하는 차라고 해도 오래되고 낡아 소음도 심하고 앉는 의자도 성치 않았다. 더구나 문짝도 없는 화물차였는데, 왜 그리도 그 차를 타면 기분이 좋았는지 모른다. 그 형은 시내의 이곳저곳에서 모은 쓰레기를 싣고 시내를 벗어나 한적한 곳에 위치한 하치장에다 갖다 버렸다. 그 쓰레기를 버리던 곳은 들꽃들이 흐드러지게 피어 있었고, 이맘때엔 개구리나 메뚜기가 넘쳐났었다. 메뚜기를 잡아서 강아지풀에다 꿰어서 구워 맛있게 먹었던 기억이 생생하다. 그곳이 어디쯤이었나 하며 눈을 들어 가늠을 해보니 허허롭던 들판은 간데없고 도심의 한복판이 되어 전철이 다니는 길목이 되어 있다. 주변도 온통 변하여 아파트와 백화점의 건물들이 들어서 있는 것이 보인다. 불과 반백년의 세월이건만 턱밑의 세상이 이리도 변했으니 유구한 세월 속에 변화를 제대로 추측하는 것은 어찌 사람이 할 수나 있는 일이겠나 하는 생각이 앞선다.

'이렇게 몰라보게 변했는데 이대로 반백년이 더 지나간다면 얼마나 변해 있을까' 하는 생각을 하며 산을 내려오는데, 변하는 것 또한 때의 일이기에 변하는 것은 당연한 일이며 변하면서 복잡해지고 이리저리 얽히는 것 또한 변화의 과정일 것이라 여겨진다. 변해도 서로가 소통하고 살아가는 것에 적응을 하는 것은 모두와 함께하는 法(법)이 있기 때문이라 생각된다. 법이 일을 하고 있기 때문에 모든 이들이 서로 소통을 하며 살아가는 것이리라.

법은 상호 소통을 위해서 만들어지고 서로를 존중하며 최소한의 배려와 예의를 지키려는 규약이건만 사회가 복잡해지고 다양성을 요구하면서 일부의 사람들은 자신이 알고 있는 법을 악용하거나 법을 놓고 서로가 힘겨루기를 벌이는 것을 보게 되는데, 마치 칼날과 칼등을 오가는 것 같아 듣고 보는 것만으로도 아찔하기가 그지없다.

한적한 시골길을 지나다 보면 마을이나 학교의 주변에 걸린 현수막이 심심찮게 눈에 들어온다. 어느 동네 누구의 자식 누가 몇 회 고시에 합격을 하였다는 현수막이다. 이 강산 어디라도 심심찮게 보이는 것인데 자식을 낳으면 서울로 보내고 공부를 시키려면 판사, 검사가 되는 공부를 시켜야 한다며 박 터지게 공부를 시켜서 고시에 합격을 했다는 표시일 터이다. 부모나 학교에서는 자랑할 만도 하겠으나 고시에 합격했다고 인생살이의 합격은 아니지 않은가?

　법이란 무엇인가? 혹 水(물)이 순탄하게 去(흘러)가는 것이 法(법)이라고 알고들 있을 것 같아 안타까움이 앞선다.

　물이 흐른다는 것은 위에서 아래로 흘러가는 것이 자연의 법칙임을 누구나 알고 있을 것이며 法(법)자의 글도 뜻을 풀어보자면 上(위)에서 下(아래)로 水(물)이 去(흘러)가듯이 위에서 아래를 지도하고 제도하기 위하여 정해지고 만들어져 있는 것 같은데, 과연 법의 정의가 그럴까?

　"영웅아, 아무래도 무엇이 좀 빠진 것 같지 않냐?"

　"스님, 붕어빵 속에 붕어가 빠졌다는 얘긴가요? 전 모르겠습니다."

　"그래, 붕어빵처럼 정말 중요한 것이 빠졌구나."

　중원을 차지하고 호령하던 周(주)나라가 무너지면서 중원은 여러 제후국으로 나뉘어 춘추전국시대를 맞는다. 수백 년을 자고새면 전쟁의 소용돌이에 여념이 없던 중국 대륙을 통일한 것은 제후국들 중에서 영토도 작고 나라의 힘도 작아 볼품이 없던 秦(진)나라였다. 작고 볼품없던 나라의 왕이 대륙을 통일하고 始皇帝(시황제)가 될 수 있었던 것은 李斯(이사)라는 재상이 있었기에 가능하였다.

　이사는 초나라 사람으로 일찍이 지방의 향리에서 문서를 담당하는 하급관리였다. 어느 날 우연히 측간에서 볼일을 보다가 어두운 곳에서 인분을 먹으며 추워서 오들오들 떨면서 긴장을 하고 있는 쥐를 보게 되었다. 그리고 어느 날은 곳간에 들어갔다가 그곳에서 곡식을 먹고 있는 쥐를 보게 되었는데, 사람이 다가가도 경계하거나 걱정하는 빛도 없이 유유히 돌아다니며 곡식을 먹는 것을 보게 되었다. 이를 보고 이사는 쥐나 사람이나 때를 잘 만나야 하며 주위환경에 의해서 삶이 바뀌게 되는 것임을 깨닫는다. 이사는 관직을 버리고 당대 최고의 유학자인 荀子(순자)를 찾아 가서 그의 문하생이 되어 제왕의 도를 배운다. 당시 순자의 문하에는 훗날 법가이론을 집대성한 韓非子(한비자)도 공부를 하고 있었다.

순자 밑에서 여러 해를 보내며 공부를 마친 李斯(이사)는 자신의 뜻을 진나라에서 펴려고 진나라를 찾았다. 진나라에는 장양왕이 죽고 13세의 어린 왕(훗날의 진시황)이 왕위를 계승하였으나, 국가의 대권은 승상인 여불위에게 있었다. 이사는 우선 여불위의 식객으로 들어가서 때를 기다리기로 했다.

이사의 재능을 간파한 여불위가 왕의 시종(내시)으로 천거하였으며, 왕의 측근에서 때를 기다리던 이사는 청년이 된 왕을 가까이서 접하면서 왕이 천하를 평정하려는 야심이 있음을 알게 되었고, 어느 날 이사는 왕에게 천하를 통일하는 자신의 책략을 설파한다.

왕은 이사의 능력을 인정하여 長吏(장리)의 벼슬을 주었고, 이사는 기회를 놓치지 않고 제후국들을 장악하고 천하를 통일하기 위한 계략을 짜내어 실행에 옮긴다.

우선 각 나라에 謀士(모사)와 첩자를 보내어 중신들을 뇌물로 매수하거나, 비리를 파헤쳐 협박을 하거나, 거부하는 자는 몰래 처단하며 수단과 방법을 가리지 않고 군신간의 관계를 이간질하는 것도 서슴지 않았다.

타국의 첩자들을 잡으면 그들에게 더 많은 금품을 주면서 이중첩자로 활용하는 등 상대국의 체제 내부를 붕괴하여 불과 9년 만에 진나라가 대륙 통일을 이루게 했다.

진시왕은 이사의 공을 인정하여 客卿(객경)승상의 자리에 앉힌다. 이사는 작은 진나라가 천하를 통일하였는데, 크고 넓은 진나라를 어떻게 다스리고 통치를 해나가야 하는가를 고심하게 된다. 질서가 서야 나라가 다스려질 수 있는데 어떻게 하면 백성들이 생명처럼 질서를 지키게 할 것인지를 고심하기에 이른 것이다.

계절이 여름에 들어서며 온 천지의 신록이 푸른빛을 띠고 하늘은 화창하고 맑은 어느 날, 집무실에서 일을 하던 이사는 어린 시종만을 대동하고 城(성)을 나와 한가한 마음으로 강가를 거닐게 되었다.

이사의 머릿속에는 자나 깨나 어느 지역 누구에게나 기준이 되는 그 무엇(?)에 대한 생각뿐인지라 시원한 강가를 거닐면서도 그 무엇(?)의 생각은 머리를 떠나지가 않는다.

주위의 정취에 빠져 얼마나 걸었을까? 바쁠 것이 없는 걸음이었으나 성에서 꽤나 멀리 나왔다는 생각이 드는데, 머리 위로 새가 짹짹거리는 소리를 내며 날아가더니 이내 저만치 강가에 있는 바위에 올라 몸을 감춘다. 승상은 자연의 정취에 취하여 잠시 멈춘 걸음을 걸으며 얼마나 옮겼나? 갑자기 새의 재잘거리는 소리가 들려와서 걸음을 멈추고 고개를 돌렸더니 조금 전에 새가 날아가서 앉았던 바위에서 알에서 깨어난 물새의 새끼들이 내는 소리였다. 발걸음을 돌리려다가 무슨 생각을 했는지 걷던 강둑에 조용히 자리를 잡고 앉아 새둥지를 살폈다.

어미 새가 먹이를 물어올 때마다 새끼들은 서로 먹이를 달라고 짹짹거리니 어미 새들은 쉴 새도 없이 열심히 먹이사냥을 하여 새끼들에게 먹이고 있었다. 강물은 유유히 흐르는 강가 우뚝 솟은 바위에 둥지를 틀고 제 새끼들을 키우느라 둥지를 왔다 갔다 하며 여념이 없는 어미 새와 새끼들의 행동을 보고 있자니 어느덧 산 그림자가 길게 이어지며 강물에 비치는 석양이 아름답다.

李斯(이사)는 해가 질 때까지 어미 새가 먹이사냥을 마치고 새끼들을 품고 자리에 드는 것을 보고서야 자리를 털고 일어나면서 그동안 자신이 찾고 있었던 무엇(?)을 찾았다는 희열을 느끼며 가벼운 걸음이 되어 성으로 돌아온다.

사람들이 삶을 영위하면서 좀 더 나은 환경이나 조건을 만들어가려는 것은 삶의 질을 향상하고 자신과 가족, 친척과 소속한 집단의 안녕과 평화를 위함이다. 승상은 낮에 강가에서 보고 왔던 정경을 그리며 정리를 해나가기 시작한다.

사방이 탁 트인 卅(공간)에서 㠯(물새)의 어미가 去(왔다 갔

다) 하며 새끼들을 위해 거두어 먹이는데 흐르는 水(강물)은 유유히 흐르는 세월처럼 흐르며 변하지만, 강가에 우뚝 솟은 厂(바위)는 흐름 속에서도 제자리를 지켜내는 그림이었다. 이런 의미를 담은 灋(법)자를 만들어 써보며, 자연의 이치가 담긴 오행에 배속을 하며 글자를 엮었다. 어미와 자라나는 새끼 물새는 木(목)이요, 왔다 갔다 하며 움직이는 것은 火(화)요, 탁 트인 사방의 자연은 土(토)가 되고, 우뚝 솟아 둥지를 튼 바위는 金(금)이며, 흐르는 강물은 水(수)가 되겠다.

　　2,200여 년 전에 진나라의 승상인 李斯(이사)가 灋(법)자를 만들어 세상을 다스렸는데, 후세로 이어오며 사용을 하다가 쓰기가 불편해서인지 언제부터인지 몸통을 떼어 버리고 水(물)이 去(흘러 가듯)이 위에서 아래로 내려만 가는 것이 法(법)이라 하게 되었

다. 때마다 글이 일을 하고 있음을 안다면 法(법)이 이렇게 변한 모습의 법이 된 것을 제대로 알고나 쓰고 있는지 모르겠다.

　　글이 있어 일을 하며 세상의 모든 것들이 글로서 이어져 오며 글은 거짓이 없음을 안다면, 실다운 법의 글을 알고 써야 하지 않을까? 법도 변하고 다스림도 변하고 턱밑의 세상도 소리

없이 변하는데, 과연 법이 하는 일을 제대로 알아 쓰려면 몸통을 제대로 알아야 할 것이 아닌가.

灋(법)이란 다수의 울타리이고 힘이다.

강가의 탁 트인 바위에 둥지를 틀고 열심히 새끼를 치며 분주히 오고가는 물새의 걸림 없는 자유스러움에 법이 담겨 있건만, 물이 흘러가듯이 위에서 아래로 흐르는 것만을 법이라고 알고 있으니 웃기는 얘기가 아닌가?

단단한 바위를 힘들여 깨는 것은 필요한 돌을 찾으려고 깨는데, 제멋대로 깨진 돌을 어디에 쓸 수 있으며, 몸통은 버리고 껍데기만 지니고 비빈다면 어찌 속맛의 妙(묘)함을 알기나 할까?

법치주의의 세상이라 배우고 익혀서 법을 안다고들 하는데 정녕, 네가 법을 아느냐?

웃고 있니?

안다고?

국가의 흥망, '도덕'에 달려있다

어느 해보다 비가 자주 내려서인지 온통 주변의 숲이 습기로 가득하다.

날짐승들의 날갯짓에 죽어나는 벌레나 곤충들도 계절의 풍성함인가? 눈에 많이 들어온다.

며칠 전만 해도 어미 새와 비행연습을 하던 어린 참새도 고추밭가를 날며 벌레사냥에 열심이다. 어미가 창고 귀퉁이에 집을 짓고 알을 낳아 품고서 열심히 한철을 고생하더니 이젠 새끼들이 독립할 만큼 커서 제 형제들이 주위의 산과 밭을 다니며 열심히 벌레사냥을 하는 것이 보기에 몹시 예쁘다.

누구나 급한 마음엔 무엇이나 '뚝딱!' 이루어지면 좋으련만 세상사 자연의 이치는 뚝딱 되는 법이 어디 있나? 개인의 흥함이나 망함도 뚝딱 이루어지는 것이 아니며, 자연의 계절이 옷을 갈아입듯이 때에 일들이 일어나고 지나가며, 때에 변화과정을 거치며 서서히 이루어져 나간다.

나라의 興亡盛衰(흥망성쇠)도 또한 같을 것이니 달팽이가 제 집을 짊어지고 가듯이 가는 듯 안가는 듯 가며, 흥함도 이루고 망함도 만들어가는 것임을 알아야 할 것이다.

고려 말기에 젊은 황희가 관직에 있을 때였다. 도성에서 일을 보고 잠시 도성을 빠져나와 논길을 걷는데, 웬 농부가 검은 소와 누런 소 두 마리를 함께 끌며 밭갈이를 하고 있었다.

일하는 농부를 황희는 물끄러미 바라보는데 농부가 잠시 쉬기 위해서 소를 밭가에 매어두고 황희가 쉬고 있는 나무 밑으로 왔다. 황희는 농부에게 다가가서 물어 보았다.

"두 마리의 소 중에서 어떤 소가 일을 잘 합니까?"

그러자 농부가 갑자기 황희를 붙잡고 쉬고 있던 나무를 지나 멀찌막하게 가더니 거기에서 황희의 귀에 대고 조그맣게 속삭였다.

"검은 소는 꾀를 부리지만 누런 소는 일을 잘하지요."

그런 농부를 보고 황희는 크게 웃으며 말했다.

"아니, 소를 보고 물어보는데 여기까지 와서 귀에 대고 속삭일 필요가 있습니까?"

그러자 농부는 약간 노기를 띠며 젊은 황희를 책망한다.

"글을 배운 선비라는 자가 무슨 말을 그렇게 하시오? 아무리 하찮은 동물이라도 자신에게 나쁜 말을 하면 싫어하는 것을 모르시오?"

그 말을 듣는 순간에 황희는 자신이 매우 경솔하게 행동했음을 느꼈다.

황희는 자신의 편견을 고쳐준 농부에게 고맙다는 얘기를 하려고 농부가 있던 곳으로 얼굴을 돌렸으나, 소와 농부는 온데간데없었다.

"아? 이건 나의 편견을 고쳐주려고 하늘이 이런 일을 꾸몄구나."

이런 생각을 한 황희는 그 후로는 편견을 버리고 경솔하지 않고 남들이 하는 말에 귀를 기울여 조선 초기 여러 왕을 모시며 일인지하 만인지상의 자리인 영의정에까지 오른다.

고려를 무너뜨리고 이성계가 역성혁명을 일으켜 조선이란 국호를 사용하며 개국을 하고, 나라의 기틀을 튼튼하게 다질 수가 있었던 것은 그의 아들 이방원(태종)이 있었기에 가능했다.

태종의 아들인 세종은 武治(무치) 중심이었던 선대의 피 묻은 병장기와 칼을 버리고 씻어내며 文治(문치) 중심으로 나라를 다스려 조선의 사직을 반석에 올려놓았다.

신라가 삼국을 통일할 수가 있었던 것도 싸움에 임하면 물러섬이 없는 임전무퇴의 정신과 죽음을 두려워하지 않는 화랑정신이 있었기에 가능했다.

김유신과 같은 용맹한 장군이 태종무열왕(김춘추)과 함께 전장을 누볐기에 신라가 백제를 멸하고 고구려까지도 이기며 삼국통일을 이룰 수가 있었다. 그러나 삼국의 완전한 통일은 김춘추의 아들 문무왕이 당나라 군사를 이 땅에서 몰아내며 이루어진다.

고구려는 연개소문이 있어서 외침(당나라)을 당하였어도 잘 막아내며 버티었으나, 안이한 귀족사회의 반발로 인하여 내부에서 국론이 분열되며 무너졌다. 변방의 장수와 불화가 생겼고, 나라의 기운이 급격히 쇠할 때 연개소문이 죽자, 자식들 사이에 권력다툼이 일어나면서 나라가 망한다. 특히 남생이(연개소문의 큰아들) 당나라와 싸울 생각보다는 당나라에 귀화를 하여 제나라를 치는 짓을 하였으니 어찌 이 땅의 지도자라 할 수가 있나? 만고의 역적이라 하겠다.

나라가 망하거나, 새로운 나라가 세워지거나, 나라의 勢(세)가 커지는 모든 일들은 때의 일이며 사람이 만들어내는 것이다.

신라가 완전한 삼국통일을 이루는 데에는 한 세대인 30년의 수고가 필요했다.

조선이 이성계가 역성혁명을 일으켜서 한 세대의 시간인 30년을 지나면서 나라의 틀을 유지할 수가 있었으며, 고구려가 망하는 것도 하루아침에 망한 것이 아니라 한 세대의 시간이 소요됐다. 조금씩 조금씩 망하는 짓을 하였기에 한 세대의 시간이 지나면서 망하는 것이다. 예나 지금이나 나라의 힘은 지도자나 그 땅의 백성들이 어떤 시대적 정신을 지니고 사느냐에 따라서 그 존재 여부가 나중에 확연히 가려진다.

김구의 민족이 하나라는 시대적인 정신을 우리는 얼마나 담고 살고 있으며, 박정희의 민족중흥의 역사와 다함께 잘 살자는 시대적인 정신을 지금의 우리는 얼마나 담고 살고 있으며, 정주영의 세계에 우리 문화를 상품화하여 우리도 잘살며 우리의 蘖(얼)과 혼을 제대로 세계에 알리고 있는지 되돌아봐야 할 것이다.

육칠십 년대의 척박한 산업현장에서 열심히 일을 한 선대의 역군들이 있었기에 우리가 잘 살고 있음을 알아야 하겠다.

나라 잃고 몸 붙일 곳 없이 만주 땅을 헤매면서도 끝까지 힘이 없는 민족의 이름표를 놓지 않고 살다간 김구의 한 세대가 있었다.

세계의 120여 개의 나라 중에서 117번째로 살기 어려웠던 이 강산을 근대화시키며 중화학공업국의 기틀을 다지며 일했던 박정희 대통령의 한 세대가 있었다.

　자원도, 기술력도, 자본도 빈약하기 짝이 없던 시절에 세계의 시장에 겁 없이 달려들어 근면함과 성실함으로 신용을 쌓아 우리의 문화를 팔았던 정주영의 한 세대가 다 지났다. 이젠 얼마 남지가 않았고, 이 땅은 새로운 영웅을 기다리는 시기가 도래되었다.

　어두웠던 근세를 지나 현세를 살아오면서 때에 우리들에게 힘과 번영을 남겨 주었던 이 땅의 영웅(조상)들의 행적을 이제라도 온전히 밝히며, 한 세대를 30년으로 하여 시대별로 분류해 보았다.

　그리고 앞으로 이 땅의 우리 민족에게 어떤 숙제를 풀어줄 지도자(영웅)가 준비하고 있는지도 알아야 할 것이다.

1. 1930년대~1950년대(우리는 한민족이다) － **김구**
2. 1960년대~1980년대(민족중흥의 역사) － **박정희**
3. 1990년대~2010년대(세계시장에 우리 문화를) － **정주영**
4. 2010년대 이후에는(도덕을 담고 온다) － **(누구?)**

　영웅이란 내세움이 없이 묵묵히 조국의 부름에 응하여 자신의 일을 한 사람이다.

　세상엔 공짜가 없다. 힘없어 약하고 게으르며 어리석은 민족은 자연히 변방으로 소리 없이 밀려나게 되어 있고, 힘 있고 진취적인 민족만이 세계사를 장식하며 번영을 이루며 나아갈 것이다.

지금 우리가 풍요와 번영을 누리며 잘사는 것은 때의 영웅들이 민족을 위하는 수고가 있었기에 누릴 수 있다는 것임을 알아, 우리는 우리다운 우리의 세상을 만들어 나가야 할 것이다.

준비된 영웅은 '도덕'을 품고 온다

가끔 산을 찾는다. 멀리 가는 산행은 형편상 어려워 눈 안에 드는 뒷산을 자주 이용하는데, 오며가며 만나는 이들과의 얘기는 진솔함이 묻어나서인지 때론 재미도 있다. 어느 아낙의 얘기이다.

부모님이 신랑의 집안이 좋으니 선을 볼 것도 없다며 서두르는 바람에 딱 한 번 신랑의 얼굴을 보고는 얼떨결에 결혼을 했단다.

결혼을 해서도 남들처럼 평범했고 슬하에 2남 2녀를 두었는데, 남편이 불의의 사고로 세상을 뜨는 바람에 30대 중반에 혼자되었다.

먹고사는 것은 별로 어려움이 없어서 시골에 눌러 앉아서 살 생각이었으나, 그것이 마음같이 되지 않았다. 혼자된 여자가 사는 집을 어느 날부터는 남자가 심야에 찾아와서 방문을 두드리는 것이었다. 문을 잠그고 수저로 질러 놓아도 어떻게 열었는지도 모르게 문을 뜯고 방으로 쳐들어오기 시작하는데, 아무리 말로 설득을 하여도 감당하기가 힘이 들었단다.

작은 시골 동네에 머리도 꼬리도 없는 엉성한 소문이 무성할 즈음에 시골생활은 안 되겠다 싶어서 무작정 도회지로 옮겨와서 생활을 하였다. 혼자서 궂은일도 마다하지 않고 열심히 일하며 한 눈 팔지 않고 자식들을 다 키워 출가시키고, 이젠 딸 하나만 시집을 보내면 되는데 요즘 들어서 그 딸이 문제란다.

딸은 대학을 다니면서도 좋은 상대가 있으면 언제든지 결혼할 거라며 남자를 고르고 고르면서 대학을 졸업하고는, 연애도 하고 동거도 했단다. 그런데 문제는 30을 넘겨 동거를 하던 사람과 마음에 안 맞아서 다투고 헤어졌다고 하면서 집으로 짐을 싸들고 들어와서 방에 처박혀 눈물을 짜고 있는 딸의 꼴이 보기가 싫어서 산을 찾았다고 했다.

"아무리 세상이 개화되었다고 하더라도 어떻게 남녀가 살아보고 결혼한다는 것이 말이나 되는 애깁니까?"

아낙이 던진 마지막 말이 산을 내려오는 내내 산의 골짜기를 타고 넘으며 메아리친다.

세상일이 어제가 오늘 같고, 오늘이 내일 같을 수가 있을까? 변하는 것이 세상이기에 변하는 것 같지 않게 변하는 것을 누가 막을 수가 있으며, 누군들 어찌 해볼 수나 있겠는가.

"그래, 세상은 변하는데 앞으로 어떻게 변해갈 것인지. 영웅아, 네가 얘기를 해봐라."

"예. 요즘의 젊은이들은 연애와 결혼을 따로따로 분리하여 생각을 하기 때문에 예전처럼 연애는 결혼과 이어진다는 생각은 하지 않으며, 그래서 이성을 쉽게 만나고 쉽게 헤어지는 것을 쉽게 볼 수가 있으며, 동거나 자유(계약) 결혼을 다수의 젊은이들이 선호하여 행복을 가져다주는 것으로 여기고 있는 것 같습니다. 안 그러니? 뒤통수야?"

"그런데 영웅아, 그렇게 자유분방한 것도 같지만 요즘 여자들의 값이 금값이라서 예전처럼 호락호락하지가 않으며, 세상은 여성 상위시대로 변해가며 여성들이 적당한 평등이나 대등의 수평관계가 아닌 수직관계를 요구하는 세상으로 변해가는 것도 같다. 내가 어디서 들은 얘긴데 요즘 세상은 그동안 억눌려 살아온 여성들이 남성들에게 반란을 일으킨 시기란다. 그런데 듣고서도 도대체 무슨 얘긴지 모르겠어. 영웅아, 너는 들어봤냐?"

"아니, 처음 듣는 소린데…. 혹 스님은 무슨 말인지 아시나요?"

"허허 통수야, 어디서 말 같지 않은 말을 듣고 와서 무슨 소리를 하는 거냐? 세상을 살아가는 남녀의 性(성)이란 평등하여 위도 아래도 없는 수평적 관계가 유지되어야 함은 말이 필요치가 않겠으나, 그런 말이 나오게 된 것에는 분명한 이유가 있는 것 같다."

한때 이 땅에는 男尊女卑(남존여비)의 사상으로 여성들은 500여 년을 억눌러 살아야 했던 시절이 있었다. 남자와 여자는 음과 양이 함께 공존하듯이 지위를 다툴 수가 없는 것이나, 오랜 세월 억눌린 여성들이 당연히 자신들의 권리를 주장하는 것은 자연의 흐름이 아니겠는가. 시대가 흐르고 바뀌면서 여성들은 억눌린 자신들의 권리를 되찾기 위하여 남성들에게 대항할 효과적인 무기를 찾게 되었는데, 여성들이 찾아낸 것은 남성들에게는 없는 무기인 子宮(자궁)이었다.

자궁의 반란으로 그동안 남성 우월주의의 세상을 뒤집어 놓았으며, 여성들은 밭을 묵이면서도 농사짓기를 거부하는 일이 생겨났다. 그동안 쟁기만 들고 다니던 수놈들이 농사를 지으려고 해도 밭이 없어서 씨를 못 뿌리고 씨를 거두어들이기가 어려워졌다. 서로 불편한 관계가 당분간은 이어지겠지만 누가 어찌하지 못할 것이다. 때에 여성들이 고생을 감내하며 살았듯이 남성들 또한 당분간은 감내하며 살아야 할 것이다. 모든 것은 때의 일이며, 때에 일어나는 바람이기에 바람이 지나가기를 기다려야 할 것이다. 때가 도래하면 자연히 조화를 이룰 것이며, 서로 공존할 것이기 때문이다.

그러기에 세상엔 공짜가 없다고 하는 것이다. 그럼 性(성)의 전쟁은 언제 끝이 날까? 궁금할 것이나 딱히 궁금해 할 필요도 없을 것이다. 변하는 것이 세상사인데 달라진다고 대단할 것도 없고 염려할 것도 없다. 좋아할 것도 없고 또한 싫어해야 할 것도 없을 것이니 모든 것은 때의 변화이며, 때에 일어난 바람이며, 때에 변해가는 과정일 뿐이다.

군자의 道(도)란 나를 삼가고 예를 차림에 있다고 했으니 누구라도 성은 대결이 아닌 조화를 이루어 나가야 하는 대상임을 새삼 상기해야 할 것이다.

세상은 누구라도 홀로 살아갈 수가 없기 때문에 사람은 마땅히 이웃을 생각하면서 함께 살아야 한다. 이웃과는 항상 밝고 맑은 마음으로 대하며 항상 나눌 수 있는 마음과 베푸는 마음을 지니고 살아야 한다. 그럼 베푼다는 것은 꼭 물질만인가? 물질이 아닌 것으로도 베풀 수 있는 것은 많다. 이웃과 만나면 서로 인사를 나누고 대화하며, 미소를 나누는 것 그리고 작은 일이나, 큰일이나, 이웃의 외롭고 소외된 자에게 용기를 내라는 말 한마디도 함께 살아가는 방법이며 베푸는 것이기 때문이다. 이웃을 생각하고 배려하는 작은 행동이 도덕의 실천이다.

앞으로 이 땅엔 도덕을 담고 일하는 영웅이 올 것이다. 그러나 당분간 사람들이 나만을 사랑하고 나만을 생각하는 세상(개인주의)으로 나아가며, 이웃과 남에게 여유로움이나 너그러움을 잃어버리며, 부끄러움도 모르는 양상이 지속될 것이다. 이런 세상은 남들이 하니까 나도 한다는 식으로 외형(모양)을 중시하며, 실속보다는 남에게 보이는 것이 우선이다. 가치관이 다른 사람들이 서로가 부딪히면서 서로 불편하게 살며, 눈에 보이는 겉을 우선하는 세상이 될 것이다.

쉬운 얘기로 孼(얼)빠진 세상이자 자신감이 없는 세상이 되어 도덕과 예의는 입에만 붙어있는 구호가 될 것이고, 행동하는 양심이나 행동하는 도덕을 찾아보기가 점점 어려워질 것이다. 그렇다고 법의 질서가 무너지는 것은 아니지만, 법은 한계에 부딪히게 된다.

이렇게 변하는 것도 때의 일이며 서로가 자신만을 내세우며 살면서 부딪히고 불편하고 불쾌한 일들이 많아지고, 많아질수록 때의 변화가 더 빨리 찾아올 것이다. 스스로 아니다 싶은 생각과 행동이 나오면서 세상은 새로운 변화를 찾아갈 것이다.

"뒤통수야, 공자가 가서 살고 싶다고 했던 東夷(동이)의 나라인 고조선은 어떤 나라였을까?"

"스님, 그런데 왜 느닷없이 고조선을 얘기하세요?"

"허어. 언젠가도 얘기를 했는데 다시 얘기를 해야겠구나. 나무가 뿌리 없음을 생각할 수가 없고 사람이라면 조상이 없을 수 없듯이, 제 자신의 뿌리(조상)를 모르면 제대로 사는 것이 아닐 것이기에 우리는 도덕정치를 펼쳤다고 전하는 고조선의 역사나 배달국의 역사를 제대로 알아야 할 것이다."

문화는 조상들의 역사와 전통이 이어져 내려오면서 발전된 것임을 안다면 문화라는 꽃에 자손들의 도덕적 정신이 가미되어야 문화가 살아나고 향기를 피우게 되는 것이다.

따라서 모든 일들을 법으로만 해결하려든다면 그 사회는 이미 도덕이 땅에 떨어졌음을 의미하며, 그것은 조상들이 물려준 아름다운 문화(꽃)를 구경만 하며 꽃에 향기가 없는 것과 같다.

법치주의에서 법대로 살아가면 되겠지만 법이 모든 이들을 다함께 보호하고, 다함께 똑같이 대우하며 한결같이 살아갈 수 없는 것과도 같다.

물새가 새끼들을 탁 트인 자연에서 맘껏 자유롭게 새끼를 키우려고 하지만 물새의 새끼는 어리고 약하기 때문에 어미의 보호와 보살핌을 받으며 자라는 것처럼 *法*(법)은 힘 있는 자나 가진 자들이 힘없어 약하고 소외된 자들과 함께 살아가며, 평등을 유지하기 위한 최소한의 약속이자 스스로의 규범이다.

힘 있고 가진 자들이 스스로의 도덕을 상실하거나 약속을 저버리면 법의 집행은 한계에 부딪히게 되며, 사회는 혼란에 빠져들게 될 것이다.

민족이 하나이며 살아있음을 심어준 김구의 애족정신과 때에 민족중흥의 역사를 쓰며 다함께 잘 살자고 몸 바쳐 실행했던 박정희의 투철한 애국정신, 세계로 민족의 근면함과 성실함을 보이며 발 닿는 곳마다 우리의 문화를 알렸던 정주영의 불굴의 정신이 민족의 바다에 '영웅' 이라는 이름을 남겼다.

이제 이 땅에는 도덕을 담고 오는 새로운 영웅이, 때가 도래되면 민족 앞에 모습을 드러낼 것이다.

우리의 역사와 함께하신 분들의 글이라 글을 쓰면서도 많은 감동을 받았다.

누군가는 해야 할 일이라는 생각에 나름 열심히 썼으나 필력의 모자람이 부끄럽다.

英雄(영웅)이란 나폴레옹이나 칭기즈칸이나 이순신 장군같이 전쟁을 배경으로 무용을 자랑하는 영웅을 떠올리기 쉽지만, 역경의 시대에 민족의 살길을 제시한 이들이 영웅이다. 김구, 박정희, 정주영이 행동으로 이 땅을 살린 업적은 어느 누구와 비교해 봐도 선구적인 혜안을 가진 지도자였기에 영웅이라는 단어를 사용하였다. 영웅이란 호칭에 민감함을 느낄 수 있겠지만 이 또한 '때의 일'이니 '이 사람은 이렇게 생각하여 이런 글을 썼구나!' 하는 독자들의 너그러움을 바란다.

이 책에서는 '때의 역사'를 일구며 일을 하신 영웅들의 얘기와 이 땅(민족)을 위하여 어떤 일꾼(영웅)이 준비하고 있으며, 앞으로 세상은 어떤 모습일까? 하는 것들을 밝혀 놓았다.

수천 년의 인류의 역사 속에 얼마나 많은 이념과 사상들이 인간들을 지배하여, 얼마나 많은 모양새의 정치가 있었던가? 많은 세월 실험을 거쳐서 자유민주주의가 대세를 이루고 있으나, 이를 뛰어넘는 정치 이상은 도덕정치라는 것을 알아야 하겠다.

공자는 東夷(동이)의 나라에 가서 살고 싶다 했는데, 그 東夷(동이)의 나라는 바로 도덕정치를 구현했던 우리의 고조선이다.

우리 민족의 혈통에는 도덕의 씨가 배어있어서 세계를 지배하며 도덕정치를 구현할 유일한 민족이다. 지금은 한반도의 반쪽에 의지하여 몸담고 있는 처지이나 우리가 우리를 아는 때에 이르면 힘으로 밀고 들어와 잠시 주인 행세를 하고 있는 이들은 자신들이 손님이라는 것을 알게 될 것이다. 때가 이르면 손님은 후한 대접을 받고 기쁜 마음으로 스스로가 물러가게 될 것인데, 이는 세상이 정한 이치일 뿐이다.

세상사 일들이 시절의 인연인지라 緇衣(치의)를 걸쳤으니 인연의 터를 찾아 영웅들을 기리고 국태민안을 위하여 기도나 올리며 민족의 미래와 영웅들의 내면(정신)을 주제로 속편이나 써볼까 한다.

"大道(대도)는 不敗(불패)이니 글을 세상에 내보라"고 가르침을 주신 수락산 자락의 터줏대감이며 서예 步虛筆(보허필)의 창시자인 無識(무식)존자님, 이름 없는 작가의 글을 출판해 주신 도서출판 〈북갤러리〉 등 두루두루 함께한 인연들에게 감사드린다.

경인년 동지절
남한산 뒷통수 자락의 금구정사에서
혜공(慧空 : 속명 黃義成)이 作(작)하다.

참고문헌

《백범일지》, 도진순 주해, 돌베개
《박정희를 말하다》, 김성진 지음, 삶과꿈
《박정희 다큐멘터리》, 김교식 지음, 평민사
《박정희 한국의 탄생》, 조우석 지음, 살림
《시련은 있어도 실패는 없다》, 정주영 지음, 제3기획
《현대그룹 정주영》, 김교식 편저, 율곡문화사
《실증 한단고기》, 이일봉 지음, 정신세계사